Thomas Heckler
Der Koffer – Lost & Found

Vom Autor bereits erschienen:

Die mallorquinische Herberge (2024)

Über den Autor

Thomas Heckler lebt mit seiner Familie in Oberbayern. Der Diplompsychologe verbindet in seinen Romanen aktuelle Themen der Gegenwart mit Gespür für seine Protagonisten. Dies ist sein zweiter veröffentlichter Roman.

Thomas Heckler

Der Koffer – Lost & Found

Roman

Bibliografische Information der Deutschen Nationalbibliothek:
Die Deutsche Nationalbibliothek verzeichnet diese
Publikation in der Deutschen Nationalbibliografie;
detaillierte bibliografische Daten sind im Internet
über http://dnb.dnb.de abrufbar.

Lektorat: Mareike Fröhlich
Korrektorat: Sabine Steck
Coverdesign und Umschlaggestaltung: Florin Sayer-Gabor –
www.100covers4you.com

Verlag: BoD · Books on Demand GmbH, Überseering 33,
22297 Hamburg, bod@bod.de
Druck: Libri Plureos GmbH, Friedensallee 273,
22763 Hamburg

ISBN: 978-3-7597-2335-2

Für meine Töchter

Rachid

Rachid drückte den Stopp-Knopf. Einige der Koffer hatten sich offenbar verhakt, und er musste auf das nun stillstehende Gepäckförderband steigen, um zu sehen, was passiert war. Mit geübtem Handgriff hob er die zwei ineinander verkeilten Koffer vom Band und stellte sie erst einmal zur Seite. Anschließend drückte er den Start-Knopf. Das Band fuhr nach einem kurzen Ruckeln wieder an. Ein Koffer nach dem anderen fand seinen Weg auf den vielen Förderbändern tief unter dem Flughafen San Jordi von Palma de Mallorca.

Es handelte sich um Hartschalenkoffer, die nun neben ihm standen. Beide in etwa gleich groß, beide in einem dunkelblauen Farbton. Einer der beiden war ungewöhnlich leicht für das Gepäck eines typischen Mallorca-Urlaubers. Durch das Verhaken hatten sich die Anhänger mit den Flughafencodierungen gelöst. Rachid hatte sie vom Förderband aufgehoben, jetzt lagen sie neben ihm auf dem Boden. Auch die sonst immer angebrachten Barcodeaufkleber fehlten. Er stöhnte auf und sah sich die beiden *baggage tags* an. Der eine Koffer schien einem Mann mit englisch klingendem Namen mit Zielflughafen London zu gehören, der andere einer Deutschen aus München. Rachid nahm einen Streifen Klebeband aus seiner Arbeitstasche, brachte die Codierungsbänder wieder an und betrachtete zufrieden seine Arbeit.

Frauen nehmen zu viele Sachen in den Urlaub mit, dachte er. Ihre Koffer sind immer schwerer. Wir Männer haben da deutlich weniger dabei.

Er hob die beiden Koffer schwungvoll hoch und stellte sie auf das immer noch laufende Förderband.

Bald darauf war ein Koffer mit einem Hochzeitskleid auf dem Weg nach London.

Tag 1 – zwei Tage zuvor

»Sven, wo ist mein weißer Koffer?«, rief Felicitas aus der hintersten Ecke ihres kleinen Abstellraums.

»Du meinst den, den du im letzten Herbst deiner Freundin geliehen hast?«

Verdammt! Das hatte sie ganz aus dem Blick verloren. Und Vanessa hatte es wohl auch völlig vergessen, ihr den Koffer wieder zurückzugeben. Felicitas wusste, dass Vanessa gerade auf einer Urlaubsreise war. Vermutlich mit ihrem Koffer, den sie jetzt eigentlich brauchte.

»Kann ich deinen nehmen?«

»Den dunkelblauen?«, kam es aus dem Wohnzimmer.

»Ja.«

»Den mit dem roten Griff?«

»Mensch, Sven, natürlich den mit dem roten Griff. Oder hast du etwa noch einen in einer anderen Farbe?«

»Nö.«

»Du kannst doch deinen schwarzen nehmen. Für mein Brautkleid brauche ich den größten, den wir haben, und das ist dein blauer. Mein Kleid und die Schleppe dürfen nicht gequetscht werden, sonst verknittert alles.«

Warum muss die Schleppe auch gefühlte fünf Meter lang sein, dachte Sven, behielt das aber lieber für sich. Er konnte sowieso nicht verstehen, warum Frauen sich für nur einen einzigen Tag im Leben ein so teures und aufwändig geschneidertes Kleidungsstück anschaffen mussten. Eines, das danach nie wieder angezogen wurde, im Kleiderschrank viel Platz beanspruchte und ein paar Jahre später den meisten Frauen auch nicht mehr passte. Zumindest war das bei den verheirateten Frauen seines Bekanntenkreises so.

»Geht in Ordnung, du kannst ihn haben.«

»Kann ich einen Hawaii-Aufkleber darauf anbringen? Dann finden wir unseren Koffer bei der Gepäckausgabe in den USA schneller wieder.«

»Geht ebenfalls in Ordnung.«

Darüber mit Felicitas zu diskutieren, würde nichts außer schlechter Stimmung bringen, und darauf hatte er aktuell absolut keine Lust. Den Aufkleber auf seinem Koffer konnte er nach ihrer Rückkehr wieder abziehen. Keine allzu große Sache. Keine, um ein Fass aufzumachen.

Felicitas, von ihren Freunden nur Feli genannt, war bereits dabei, den blauen Koffer aus dem obersten Regal des Abstellraums hervorzuziehen, was ihr bei ihren einen Meter und sechzig Körpergröße nur gelang, indem sie sich auf Zehenspitzen stellte. Sie rollte den Koffer in den Flur und blickte in die Küche, wo Sven gerade dabei war, sich einen Espresso zuzubereiten.

»Ich stelle ihn ins Gästezimmer. Wenn ich das Kleid heute aus dem Brautmodenatelier abhole und dann in den Koffer lege, gilt für dich: Finger weg! Der *first look* ist erst am Hochzeitstag in zehn Tagen. Klaro?«

»Klaro, ich kenne die Regeln!«

»Schatz, ich muss gleich los. Bitte denk daran, dass wir uns heute um drei im Schuhgeschäft in der Kaufingerstraße treffen. Sei pünktlich, ja?« Sie drückte Sven einen Kuss auf den Mund, ergriff ihren Schlüsselbund und verließ die gemeinsame Wohnung, um sich auf den Weg in die Münchner Fußgängerzone zu machen.

In den nächsten Stunden wollte sie die letzten Einkäufe für den am morgigen Tag bevorstehenden Abflug in die USA erledigen. Ihre zwei anderen Koffer waren seit dem Wochenende bereits fast vollständig gepackt.

Die Brautschuhe hatten allerdings in keinen der Koffer mehr gepasst, sie würde sie im Handgepäcktrolley verstauen müssen. Jetzt galt es, noch den dritten Koffer mit dem Brautkleid zu packen, das sie im Laufe des Tages im Atelier von Sophia von Meiningen in der Luitpoldstraße abholen wollte.

Zeitlich alles etwas eng, aber die von der Modedesignerin erst ganz zum Schluss vorgeschlagene – zugegebenermaßen extravagante und nicht ganz billige – Ergänzung war nicht schneller lieferbar gewesen.

Feli schaltete den Countdown auf ihrer neu erstandenen Smartwatch ein. »Noch 8 Tage, 5 Stunden und 28 Minuten«, murmelte sie und eilte die Stufen des Treppenhauses hinunter.

Inzwischen war Sven ins Gästezimmer geschlichen, hatte den auf dem Bett liegenden Koffer geöffnet, ein kleines, streichholzschachtelgroßes Teil aus seiner Hosentasche hervorgeholt und in einen an der Innenseite angebrachten Wäschebeutel gelegt. Unauffällig. Zumindest fand er das. Feli würde es nicht entdecken, da war er sich sicher.

Sven verließ ihre in Schwabing gelegene Dachgeschosswohnung nur wenige Minuten nach Feli. Im Gegensatz zu ihr musste er allerdings heute am letzten Tag vor ihrem Abflug noch in die Firma. Es standen einige wichtige Meetings an. Wenn man im Marketing eines international bedeutenden Medizintechnikunternehmens arbeitete, war hoher Arbeitseinsatz ein Anspruch an alle Führungskräfte, so hatte es der Firmeninhaber bei einer vor Kurzem stattgefundenen internen Veranstaltung gesagt. Sven wollte auf der Karriereleiter weiter nach oben klettern.

Feli aber auch, dachte er, und das könnte noch ein Problem werden, denn schließlich arbeitete sie nicht nur im gleichen Unternehmen, sondern sogar in derselben Abteilung. Im Marketing. Aktuell war im Unternehmen die Position des Marketingdirektors vakant – oder wie Feli immer sagte – der Marketingdirektorin. Nur einer von ihnen beiden würde eine Chance auf die Beförderung haben. Sven wollte heute an seinem ersten Urlaubstag mit zusätzlichem Arbeitseifer glänzen. Und bei einem der Meetings würde der Firmeninhaber ebenfalls anwesend sein. Das hatte er von einem Kollegen erfahren. Natürlich unter der Hand.

Sven stieg in seinen schwarzen Ford Mustang, brachte den Motor bereits im Leerlauf auf Hochtouren und fuhr schwungvoll aus der Tiefgarage des Hauses in Richtung Unterföhring, dem Firmensitz seines Arbeitgebers.

Feli, ruf mich an, es ist wichtig! Wir müssen reden!
LG Meli

Melanie legte ihr Handy wieder auf den Küchentisch und blickte aus dem Fenster. Feli stellt sich wieder einmal stur. Und das bei einer so wichtigen Angelegenheit.

Es hatte einen riesen Streit zwischen ihnen gegeben. Am vergangenen Wochenende war Feli zu ihr nach Regensburg gekommen *Schwesternwochenende mit Übernachtung,* wie sie beide das nannten, und das letzte vor Felis Abflug in die USA. Bei strahlendem Sonnenschein waren sie die Donau entlang spaziert und hatten über vergangene Zeiten geredet. Arm in Arm, wie früher, und mit vielen ›Weißt du noch …?‹ Der anschließende abendliche Ausblick in die nahe Zukunft – Felis bevorstehende Heirat mit Sven – vor dem Fernseher und nach reichlichem Genuss von Rotwein hatte es in sich gehabt.

Wie kann Feli nur dermaßen blind sein und diesen Sven heiraten, ging es Melanie wieder durch den Kopf. Genau das hatte sie ihr, vermutlich alkoholbedingt nicht in ganz akzeptabler Wortwahl und Lautstärke, natürlich auch mitgeteilt. Sogar mehrfach, wenn sie sich richtig erinnerte.

»Misch dich nicht in mein Leben ein. Ich bin kein kleines Kind mehr, auf das du aufpassen musst! Bring erst mal dein eigenes Leben in Ordnung. Wie lange willst du denn noch in diesem miefigen Reihenhaus wohnen bleiben? Peter ist vor über zwei Jahren ausgezogen!«

Feli hatte die ganz große Show abgezogen. Es waren auf beiden Seiten Worte gefallen, die tief verletzt hatten. Sie hatten sich Dinge an den Kopf geworfen, die sie beide jahrelang unter der Decke gehalten hatten.

Es hatte damit angefangen, als sie Feli ihre Bedenken hinsichtlich Sven und der bevorstehenden Hochzeit mitteilte. Über Monate hinweg hatte sie hin und her überlegt, ob und vor allem wie sie ihrer kleinen Schwester sagen könnte, dass Sven ein zwar attraktiver, aber arroganter und vor allem nicht passender Ehemann für sie sei.

»Nicht *passend* für mich? Melanie, du bist vollkommen durchgeknallt. Du bist nicht meine Mutter. Ich allein entscheide über mein Leben! Und vielleicht erinnerst du dich … ich bin dreißig geworden. Du warst ja auf meiner Geburtstagsfeier dabei, oder?«

Die Worte quollen nur so aus Feli heraus. So hatte Melanie ihre Schwester schon lange nicht mehr erlebt. Beim Versuch, vom Sofa aufzustehen, stolperte Feli über den Teppich. Sie war nicht fähig, den Sturz abzufangen, und landete mit einem dumpfen Knall auf dem Boden. Dabei verteilte sie die noch halb volle Flasche *Primitivo* großflächig über den Teppich. Für ein paar Sekunden blieb sie regungslos liegen. Nachdem sie sich aufgesetzt hatte, brach sie in Tränen aus, entschuldigte sich stammelnd und verschwand schnell im Gästezimmer.

Am darauffolgenden Morgen fand Melanie auf dem Küchentisch eine Notiz von Feli vor, auf der stand, dass ihr die Ereignisse in der Nacht leidtäten und sie hoffe, dass Melanie dennoch zur Hochzeit nach Hawaii kommen würde. »Wir sind doch Schwestern!«, stand als letzter Satz fast flehend auf dem Notizzettel. Ein mit Lippenstift gemaltes Herz umrahmte die Notiz.

Melanie ließ den Zettel sinken, der seit ihrem Streit vor ein paar Tagen immer noch auf dem Küchentisch lag, und sah sich um. Das Chaos, das sie beide am vergangenen Wochenende nachts im Wohnzimmer hinterlassen hatten, war natürlich inzwischen längst verschwunden. So als hätte es ihren Streit nicht wirklich gegeben. Die Flaschen hatte Feli ordentlich an der Spüle aufgereiht, die Gläser in den Geschirrspüler geräumt und den Rotweinfleck auf dem Teppich mit Salz eingeweicht.

Feli, die Ordentliche, deren Aufräumangewohnheiten manchmal ins Zwanghafte gingen. Aber das war jetzt auch egal. Melanie war einfach nur froh, dass Feli einen versöhnlichen Ton angeschlagen hatte, bevor sie nach München zurückgefahren war.

Melanie schaltete ihre Kaffeemaschine ein, machte sich einen doppelten Espresso und setzte sich im Wohnzimmer auf das Sofa. Sie genoss den Blick auf ihren kleinen, leicht verwilderten Garten.

In einem hat Feli recht, dachte sie. Ich muss selbst schauen, wie ich mein Leben nach der Trennung von Peter besser auf die Reihe bekomme. Aber das kann erst mal warten. Was nicht warten kann, ist Felis Zukunft. Ich bin zwar nicht ihre Mutter, aber als langjährige Ersatzmama kann ich sie nicht in ihr Unglück laufen lassen. Feli hat ja keine Ahnung, was Sven so anstellt.

Melanie trank einen Schluck des wunderbar heißen Espresso, nahm ihr Handy und schrieb eine weitere WhatsApp Nachricht.

Lieber Max, wir haben lange nichts mehr voneinander gehört. Viel zu lange …

»Kommst du mit ins Messerestaurant?«, fragte Lena. Der letzte Tag der alljährlich in Amsterdam stattfindenden Messe für Automobilzubehör war angebrochen. Alle Vertreter der mehr als einhundert Ausstellerfirmen krochen nach den zurückliegenden drei anstrengenden Messetagen förmlich auf dem Zahnfleisch.

»Geh schon mal vor, meine Pause ist erst in einer halben Stunde«, antwortete Max. Er war noch nicht hungrig und außerdem wollte er Lena, der ausgesprochen attraktiven Hostesse ihres Messestandes, keinen Anlass geben, ihn zu fragen, ob er heute Abend mit auf die After-Show-Party kommen würde. Diese wurde nach jeder Fachmesse für die Aussteller in einer meist stylischen Location durchgeführt.

Das Problem daran war, dass auf dieser Party viel Alkohol floss und die Hemmungen mit fortschreitender Stunde verloren gingen. Ein Kollege hatte ihm vor ein paar Tagen, noch vor ihrem Abflug in München, zwinkernd und feixend zugerufen »A bisserl was geht da immer.«

Darauf hatte Max allerdings keine gesteigerte Lust und er nahm sich vor, den letzten Abend in Amsterdam definitiv allein zu gestalten und statt einer wilden Party lieber durch die malerische Innenstadt zu schlendern. Sein Ziel war ein Café an einer Gracht mit Blick auf die Statue von Baruch de Spinoza, einem der bedeutendsten niederländischen Philosophen.

Vor Kurzem erst hatte er Irvin Yaloms Roman über diesen außergewöhnlichen und von seiner jüdischen Gemeinde exkommunizierten Philosophen des siebzehnten Jahrhunderts gelesen und war von diesem begeistert gewesen.

So schnell komme ich nicht wieder nach Amsterdam, dachte er. Diese Gelegenheit muss ich nutzen.

Lena signalisierte ihm mit einem Kopfnicken erneut ›ach komm schon, komm mit!‹.

Vergebens.

Sein auf stumm geschaltetes Handy brummte. Er nahm es aus der Innentasche seines Anzugs und las die eingegangene Nachricht.

> … du hast es vermutlich noch nicht gehört … Feli wird heiraten. In zehn Tagen. Noch überraschender ist vielleicht, dass sie Sven, ihren Kollegen, heiraten wird. Das ist der, der sie früher mal angebaggert hat. Ja, ich gebe es zu, ich mag ihn nicht besonders … Das alles kommt sicher überraschend für dich, aber Feli möchte, dass ihr beide das Kriegsbeil begrabt, und lädt dich deswegen zu ihrer Hochzeit ein. Die findet in Hawaii statt, genauer gesagt, am Waikiki Beach auf O'ahu. Ich weiß, der Weg ist weit, und der Weg, über deinen Schatten zu springen, mag noch weiter sein. Bitte überleg, ob du nicht kommen

willst. Es ist wirklich Felis Herzenswunsch!
Und du bist ihr einen Gefallen schuldig,
so wie das damals mit euch beiden
auseinandergegangen ist. Die Hochzeit ist
am 6. Juni. Nähere Informationen sende
ich dir später. Bitte denk darüber nach,
ja?
Melanie

Melanie, Feli, eine Hochzeit, Hawaii und ausgerechnet der 6. Juni! Max schluckte. Er spürte seinen Herzschlag laut und kräftig schlagen. Baruch de Spinoza war vergessen, alles nur ansatzweise Philosophische hatte keinen Platz mehr in seinem Kopf, in dem die Gedanken wie in einem Flipperautomaten wild umherkreisten. Er klappte seine Handyhülle zu. Feli – er hatte die vergangenen Monate damit verbracht, sie zu vergessen. Bis gerade eben hatte er geglaubt, es wäre ihm inzwischen ganz gut gelungen. Eine Fehlannahme. Denn nur ein Augenblick hatte gereicht, um ihn wieder Achterbahn fahren zu lassen und in die gleiche Sinnkrise zu stürzen wie im Sommer vor einem Jahr.

Max brauchte frische Luft und vor allem einen Ort, an dem er in Ruhe nachdenken konnte.

»Steve, ich mach doch jetzt schon Mittagspause. Kannst du für mich den Stand übernehmen? Wenn der Geschäftsführer von *Glenrothes & Co.* vorbeikommt, sag ihm bitte, dass ich in zwanzig Minuten wieder zurück bin.«

Steve nickte. Er würde ihn gut vertreten, da war sich Max sicher, schließlich war Steve aus der Entwicklungsabteilung Es war kein Geheimnis, dass er die technischen Aspekte ihrer Produkte viel besser erklären konnte. Als Global Sales Manager hatte Max lediglich technische Basiskenntnisse.

Max schlängelte sich durch die gut gefüllten Messehallen und verließ wenig später die Halle durch eine Tür ins Freie. Er ging zügig in Richtung einer der zahlreichen hochaufragenden Fichten und nahm dort auf einer noch freien Parkbank Platz. Mit dem Rauchen hatte er vor Jahren aufgehört, aber jetzt hätte er sich gern eine Zigarette angezündet. Auch wenn Feli das gar nicht gut gefunden hätte. Schon wieder Feli. In ihm steckte noch viel mehr Feli drin, als ihm lieb war.

Der 6. Juni. Natürlich. Zweimal die Zahl sechs. Max schüttelte den Kopf. Ein anderes Datum hätte es gar nicht sein können. Felis Ticks, ihr Zählzwang und vor allem ihre Suche nach sich *angenehm anfühlenden* und *runden* Zahlen, wie sie es genannt hatte. Die sechs war aus Felis Sicht so eine Zahl – eine Zahl, die sie als *beruhigend* empfand. Der Würfel hat sechs Seiten, gleich und dennoch so verschieden, hatte sie erklärt bei ihrem Versuch, ihm das mit ihrem Zählzwang verständlich zu machen.

Er hatte daraufhin die zwei Seiten einer Medaille, die vier Himmelsrichtungen und die Geschichte mit den sieben Zwergen über den sieben Bergen genannt. Feli hatte das damals gar nicht lustig gefunden und ihm klargemacht, dass in diesen Ticks, die bei ihr immer dann besonders heftig auftraten, wenn sie etwas beunruhigte oder sie in Stress geriet, auch eine innere Kraft wohnte. Eine Kraft, die ins Positive gewendet, zu sehr strukturierten und hervorragenden Arbeitsergebnissen führte.

Meistens.

Außer wenn die Ticks sie zu überwältigen drohten. Aber das war in den fast drei Jahren, die sie ein Paar gewesen waren, nur sehr selten passiert. In solchen Phasen hatte sie gelegentlich eine Therapeutin aufgesucht.

Dieser vermaledeite 6. Juni. Das Datum, das den Anfang vom Ende ihrer Beziehung bedeutet hatte. Und jetzt lud sie ihn auf ihre Hochzeit ein, in weniger als zwei Wochen. Hawaii … das passte zu Feli, das hatte Stil. Wenn damals alles anders verlaufen wäre, wenn er den richtigen Moment nicht verpasst hätte, dann würde vielleicht er statt Sven mit ihr am Waikiki Beach Hochzeit feiern.

Max wünschte sich sehnlichst eine Zigarette und überlegte, einen der in der Nähe stehenden Raucher anzuschnorren.

Doch er entschied sich dagegen. »Feli hätte etwas dagegen gehabt«, murmelte er vor sich hin, bevor er sein Handy zückte und schrieb.

Hallo Melanie, danke für die News. Ich
weiß nicht, ob das so eine gute Idee
wäre.
Grüße, Max

Die Nachmittagssonne schien durch die Ritzen der
heruntergefahrenen Verdunkelungsrollos. Sven stand an
der Frontseite des gut gefüllten Besprechungsraumes
und erläuterte gerade anhand einer PowerPoint-
Präsentation die neue Marketingstrategie, als sein Handy
zu brummen begann.

»Sorry, guys, das war so nicht geplant.« Sven drückte
Felis Anruf weg und stellte sein Handy auf lautlos.

»Junger Mann, bitte das nächste Mal Ihr Handy vorher
stummschalten«, brummte der Seniorchef aus dem
Hintergrund des Besprechungsraumes.

Alle anderen Kollegen nickten und signalisierten dem
Firmenchef damit, dass sie genau derselben Meinung
waren. Die wenigen anwesenden weiblichen
Kolleginnen hingegen schwiegen beschämt und senkten
ihre Blicke. Niemand wagte zu widersprechen oder Sven
gar helfend zur Seite zu springen. Einem Herrn Thies
widersprach man nicht. Tat man es dennoch, konnte man
sich anschließend seine Papiere in der Personalabteilung
abholen. Sven schob den Gedanken an Feli beiseite und
fuhr mit der Präsentation fort. »Wenn wir uns das hier

auf Seite 31 dargestellte Upside-Potential ansehen, werden wir den Break-even schon im nächsten Jahr erreichen ...«

Wenig später klopfte es an der Tür und die persönliche Assistentin des Firmenchefs trat ein. »Sven, ein Anruf, es scheint wichtig zu sein. Könntest du bitte kurz rauskommen?« Sie wandte sich an Herrn Thies. »Entschuldigung, Herr Thies, ein Notfall ... ein Kunde verlangt umgehend nach Herrn von Bernsen.«

Thies zog seine buschigen Augenbrauen nach oben und gab mit einem Nicken zu verstehen, dass er einverstanden war. Kundenanliegen hatten immer Priorität. Außerdem machte es auch für Hendrick Thies keinen Sinn, seiner langjährigen Assistentin zu widersprechen.

Schließlich würden sie sich beide heute nach Dienstschluss – in mehr privater Atmosphäre – wiedersehen.

»Mike, bitte übernimm du den Rest der Präsentation, mit meinem Teil bin ich fertig«, sagte Sven und folgte Beatrix Bredow, die eine beeindruckende blumige Parfümduftnote im stickigen Besprechungsraum hinterlassen hatte, nach draußen.

»Es ist Feli ... nimm mein Telefon«, sagte sie und reichte Sven verschwörerisch ihr iPhone.

»Feli? Ich bin gerade in einer megawichtigen Präsentation, da kannst du mich doch nicht einfach herausholen.« Dass der Firmenchef ebenfalls an der

Präsentation teilnahm, musste er ihr ja nicht unbedingt sagen.

»Ich stehe hier vor dem Schuhgeschäft in der Kaufingerstraße und warte auf dich. Wir hatten drei Uhr ausgemacht! Erinnerst du dich? Warum gehst du nicht an dein Handy, wenn ich anrufe?« Feli war aufgebracht.

Sven blickte auf seine neue Omega Seamaster, ein Geschenk seiner Mutter zu seinem dreißigsten Geburtstag. Feli hatte recht. Es war kurz nach drei, daran gab es nichts zu rütteln. Ein echtes Dilemma, in dem er sich da befand. Die Präsentation war fast beendet, sein Kollege Mike würde die letzten paar Folien auch ohne ihn hinbekommen, und Sven hatte den Eindruck, dass Herr Thies bis zu Felis Anruf mit seiner *performance*, wie es im Firmenjargon hieß, durchaus zufrieden gewesen war. Sven hatte beobachtet, dass er sich während der Präsentation mehrfach Notizen gemacht hatte. Auf einem Notizblock, total *old-school*.

»Schatz, ich bin in fünf Minuten bei dir, trink doch bitte dort noch einen Kaffee, ja? Und dann hast du meine volle Aufmerksamkeit für das Auswählen deiner Schuhe. Versprochen!«. Er legte auf und gab Beatrix das Handy zurück. »Ich stehe in deiner Schuld, Beatrix«, sagte Sven mit zerknirschter Miene. »Danke, dass du gegenüber Herrn Thies verschwiegen hast, dass Feli am Telefon war. Das bleibt unter uns, oder?«

Beatrix nickte verständnisvoll.

»Sorry, ich muss los. Feli und Schuhe. Du als Frau verstehst das sicher …«

Beatrix Bredow verstand. Eine Hochzeit – das war immer ein Ausnahmezustand. Sie würde ihrem Chef gegenüber Stillschweigen über diesen Anruf bewahren, auch wenn Herr Thies und sie ansonsten nur wenige Geheimnisse voreinander hatten.

Sven fuhr unter hartnäckigem Ignorieren der zahlreichen Geschwindigkeitsbeschränkungen mit seinem Cabrio so schnell wie möglich in Richtung Innenstadt.

Je näher die Abreise in die USA und damit auch die Hochzeit rückt, ging ihm durch den Kopf, desto anstregender wird Feli.

Was war das mit diesem Unbedingt-ein-maßgeschneidertes-Designerkleid-haben-wollen?

Warum tat es nicht einfach ein preisgünstiges Modell? Diese Fixierung, dieser Nachdruck, mit dem sie klargemacht hatte »Ich zahle das Kleid, also kann ich auch bestimmen, was es kosten darf« … fast so, als müsste sie sich etwas beweisen. Er schüttelte den Kopf. Feli konnte ziemlich stur sein. In anderen Situationen wieder – und die gefielen ihm deutlich besser – zeigte sie ihre zärtliche Seite. Dann war er zur Stelle.

❖

Feli hatte beschlossen, sich nicht weiter über Sven aufzuregen.

Immerhin ist er jetzt auf dem Weg, dachte sie.

Sie hatte in der Fußgängerzone ein paar Besorgungen gemacht – Sonnencremes und solche Sachen für den Urlaub. Ihr Highlight des heutigen Tages war der Besuch im Brautmodenatelier von Sophia von Meiningen gewesen. Das Hochzeitskleid war eigentlich schon vor zwei Wochen abholbereit gewesen, als die Inhaberin ihr noch die Idee mit den Swarovski-Steinen schmackhaft gemacht hatte.

»Ganz dezent natürlich, hier oben am Dekollté könnte ich mir einen Besatz mit smaragdgrünen Steinen in Herzform gut vorstellen …«, hatte sie vorgeschlagen und damit bei ihr genau ins Schwarze getroffen.

Der Preis, nun ja, nicht ganz billig, aber es war ja ihr Geld, und es handelte sich schließlich um ein maßgeschneidertes Unikat, da machte dieser Aufpreis auch nichts mehr aus. Frau von Meiningen hatte die Steine anschließend direkt über ihre hervorragenden Kontakte bei Swarovski in Österreich bestellt, und voilá – das Kleid war fertig und sie hatte es heute abgeholt, zwischenzeitlich nach Hause gebracht und in den Koffer gelegt. Nicht ohne diesen danach gut zu verschließen. In dieser Hinsicht konnte man Sven nicht trauen. Vermutlich hätte er trotz ihres ausdrücklich ausgesprochenen Wunsches, nun ja, eher Verbotes, dennoch einen Blick in den Koffer geworfen. Daher hatte sie den Code an seinem Koffer kurz entschlossen auf 123 geändert – eine Standardkombination, die Sven nicht erraten würde, sollte er es doch versuchen. Zu einfach. Fast hätte sie die Zahlenfolge 666 gewählt, ihre Lieblingskombination. Aber darauf wäre Sven vielleicht mit etwas Nachdenken gekommen.

Als Sven seinen Wagen in einem Parkhaus in unmittelbarer Nähe der Fußgängerzone abstellte und ausstieg, fühlte er sich nicht nur, als hätte er gerade ein Autorennen hinter sich gebracht, sondern er war vermutlich auch um mindestens zweihundert Euro ärmer, denn der Blitzer auf dem Mittleren Ring hatte ein weiteres Foto für seine bereits beeindruckende *Schönheitsgalerie* gemacht.

Feli erwartete ihn bereits ungeduldig vor dem Schuhgeschäft.

»So, Schatz, jetzt habe ich nur noch Augen für dich und deine Schuhe«, sagte er und umarmte Feli strahlend.

»Na ja, das ist aber das Mindeste.« Feli stieg auf die Zehenspitzen, denn Sven war mindestens dreißig Zentimeter größer als sie, und gab ihm einen versöhnlichen Kuss. »Komm, lass uns reingehen.«

Zusammen betraten sie das Geschäft und wurden umgehend von einer eifrigen Verkäuferin in Empfang genommen. »Wie kann ich Ihnen helfen?«

»Ich suche ein Paar elegante Schuhe, die ich abends an der Hotelbar tragen kann«, antwortete Feli.

»Haben Sie schon bestimmte Vorstellungen oder soll ich Ihnen die ganze Bandbreite unserer Kollektion zeigen?«

Feli entschied sich für die ganze Bandbreite. Die Kollektion war tatsächlich sehr umfangreich, wie Sven wenig später feststellen musste. Feli schien wirklich alle vorhandenen Modelle anprobieren zu wollen. Für Sven lag die eigentliche Schwierigkeit darin, dass er zu jedem Paar Schuhe seine Meinung abgeben sollte. Ob sie ihm gefallen würden, warum sie ihm gefallen würden, und vor allem, ob dieses Paar ihm besser gefallen würde als das zuvor. Die reinste Folter, stellte er bald erschöpft fest. Bislang war Feli immer alleine Kleidung einkaufen gegangen oder sie hatte eine ihrer Freundinnen mitgenommen. Ihn hatte sie damit bisher verschont.

Bisher.

Doch heute hatte keine ihrer Freundinnen Zeit gehabt. Er hatte daran glauben müssen.

»Was hältst du von diesem Paar mit der goldfarbenen Applikation an der Schnalle?«, fragte sie.

Eindeutig eine Fangfrage.

»Kannst du in denen denn bequem gehen?« Sven hatte bei dem Blick auf die turmhohen Absätze da so seine Zweifel.

»Schatz, das sind keine *Gehschuhe*. Das sind *Stehschuh*e.«

»Okay, dann formuliere ich meine Frage um: Kannst du in ihnen gut stehen?«

Feli war anscheinend zu abgelenkt, um den leichten Sarkasmus in seiner Frage wahrzunehmen. Außerdem war sie inzwischen wieder auf dem Weg zu der Verkäuferin, die mehrere weitere Schuhkartons aus dem Lager geholt hatte.

Sven sah nur noch einen Ausweg, er griff mehr oder weniger wahllos nach einem Paar Schuhe, das Feli bereits vor etwa einer Stunde anprobiert hatte, ging ihr hinterher und sagte:»Mir haben diese pinkfarbenen Schuhe eindeutig am besten gefallen. Nimm doch die, die sind wirklich wunderschön.« Dabei setzte er sein bezauberndstes Lächeln auf.

Eine weitere Stunde später verließen die beiden das Geschäft mit einem Paar weißer High Heels. Svens Vorschlag war abgelehnt worden. Diese Schuhe waren eindeutig Stehschuhe, wie er an der Kasse und mit inzwischen geübtem Blick bemerkt hatte.

Zurück in ihrer Wohnung ging Feli ein weiteres Mal die Checkliste durch, die sie Wochen zuvor für die Hochzeit und ihre Reise nach Hawaii erstellt hatte.

Die drei Koffer standen abfahrtsbereit im Flur der kleinen Wohnung. In einem der Koffer befand sich das Hochzeitskleid und füllte diesen vollständig aus. Die Brautschuhe hatten nicht mehr reingepasst, also beschloss Feli, diese morgen früh samt Karton in ihrem Handgepäck zu verstauen. Die neu erstandenen High Heels hingegen hatten glücklicherweise noch in einem der beiden anderen Koffer Platz gefunden.

»Die Hotels sind gebucht, die Bestätigungen liegen vor, der Hochzeitsredner hat meine Inputs erhalten und zugesagt, pünktlich zu erscheinen, die Flugtickets sind auf dem Handy abgespeichert und zur Sicherheit zusätzlich ausgedruckt. Die Reisepässe sind gültig, die USA-Einreisegenehmigungen liegen vor und die Hochzeitslizenz für Hawaii ist auch da.« Sie hob den Blick vom Blatt und schaute Sven an. »Hast du deinen internationalen Führerschein eingepackt?«

»Klaro«, kam es vom Sofa, auf dem Sven es sich mit einer Tüte Chips und einer Flasche Bier bequem gemacht hatte. »Ein letztes gutes bayerisches Bier, bevor ich die nächsten zwei Wochen nur das amerikanische Leichtbier bekomme. Oder Craftbiere, die ich nicht mag.«

»Trink nicht zu viel. Wir wollen ja später noch zum Flughafen, um die Koffer aufzugeben.«

»Mach dir keine Sorgen, Feli. Das bekommen wir alles hin.«

Aber so einfach war das nicht. Sie benötigte Struktur in ihren Gedanken und Handlungen. Es galt, das Chaos zu ordnen. Nur dann konnte sie – wenigstens für eine kurze Zeit – loslassen und sich entspannen.

Etwas später fuhren sie Richtung Freising zum Flughafen. Feli saß auf dem Beifahrersitz und las die

Nachricht, die Melanie ihr am Vormittag geschickt hatte. »Jetzt musst du mal auf eine Antwort warten, Schwesterherz.« Für heute hatte sie genug Kommunikation und Aufregung gehabt und mit Blick auf das vergangene Wochenende mit Melanie hatte sie so eine Vorstellung, was diese ihr wieder sagen wollte. Aber heute nicht mehr, fand sie. Sie nahm sich vor, Melanie erst morgen kurz vor ihrem Abflug in die USA anzurufen.

Sie warf einen Blick auf ihre Uhr.

Der Countdown lief, 7 Tage, 16 Stunden und 15 Minuten bis zur Hochzeit. Nur noch die Koffer aufgeben, und dann kann eigentlich nichts mehr schiefgehen, dachte Feli, als Sven gerade auf die Flughafenzufahrt einbog.

Max nahm einen Schluck seines Chai Latte und betrachtete dabei die Statue des Philosophen Baruch Spinoza. Die Fachmesse war endlich zu Ende, und er hatte sich nach der abschließenden Dankesrede des Sales Direktors an das Messeteam diskret aus dem Staub gemacht – noch bevor seine Kollegen ihn fragen konnten, ob er zur After-Show-Party mitkommen würde. Lena hatte ihn erneut fragend angeblickt, aber er hatte nur den Kopf geschüttelt. Morgen früh würde er ins Flugzeug nach Edinburgh steigen. Der nächste Geschäftstermin bei einem Zulieferer seines Arbeitgebers stand an. Dafür brauchte er eine ruhige und vor allem entspannte Nacht. Keine Party und vor allem keine Lena.

Er legte den Kopf ein wenig schief und betrachtete das steinerne Gesicht des Philosophen. Na, Baruch, was soll ich jetzt machen? Was empfiehlst du mir? Als Philosoph könntest du mir wenigstens einen kleinen Tipp geben.

Aber der Philosoph antwortete ihm nicht.

Max dachte an die gemeinsame Zeit mit Feli zurück. Wie sie sich kennengelernt hatten, wie verliebt sie beide gewesen waren und mit welcher Begeisterung sie ihre gemeinsame Wohnung im Glockenbachviertel bezogen hatten.

Irgendwie hatte die Welt mit Feli heller und freundlicher ausgesehen. Das war die Vergangenheit. Die Gegenwart war, dass sie einen anderen gefunden hatte, den sie in wenigen Tagen heiraten würde. Er hatte in ihrer Welt zukünftig keinen Platz mehr. Und daran war er durchaus selbst schuld, wie er wusste. Es hätte mit ihnen damals auch anders laufen können.

Max wollte gerade noch einmal die WhatsApp-Nachricht lesen, die Melanie ihm heute morgen gesendet hatte, als eine berufliche LinkedIn-Kontaktanfrage aus den USA hereinkam. Von einer Frau namens April Madison aus Detroit, Michigan, Sales Managerin und in der gleichen Branche wie er. Er bestätigte die Kontaktanfrage beiläufig, öffnete anschließend Melanies

Nachricht und las diese mehrfach durch. Danach bestellte er die Rechnung und machte sich voller verwirrender Gefühle auf den kurzen Fußweg zu seinem Hotel.

Tag 2

»Lass die Finger von meiner Brust.«

Sven spürte, wie sich ein morgendlicher Gruß aus seiner Lendengegend kraftvoll entfaltete und schob seinen nackten Körper geschmeidig an Feli. So schnell wollte er nicht aufgeben.

»Sven, jetzt nicht! Wie spät ist es eigentlich?« Feli schob ihre Schlafmaske auf die Stirn und blickte auf ihre Smartwatch, die auf dem Nachttisch lag. »Was, schon fast halb neun?« Wie von der Tarantel gestochen setzte sie sich im Bett auf.

Svens Hand, eben noch mit ihrer Brustwarze beschäftigt, fiel unsanft aufs Bett. »Schade«, seufzte er. »Dann eben in den USA.«

»Wir haben verschlafen! In gut drei Stunden geht unser Flieger, wir müssen uns beeilen.« Wenige Augenblicke später war Feli im Badezimmer verschwunden.

Er hörte sie hektisch die Duschtür öffnen und der kräftige Wasserstrahl spritzte geräuschvoll an die transparente Glasscheibe.

»Mach nicht so einen Stress, wir haben genug Zeit. Unsere Koffer sind ja schon am Flughafen«, rief ihr Sven hinterher.

Seine Erektion hatte da bereits *adieu* gesagt.

Eine knappe Stunde später saßen Sven und Feli in einem Taxi, das sie zum Flughafen bringen sollte. Das Taxi war zur vereinbarten Zeit erschienen, allerdings hatten sie – kaum dass sie auf den Mittleren Ring eingebogen waren – wieder umkehren müssen, da Feli sich nicht sicher gewesen war, ob sie die Wohnungstür zugesperrt hatte.

»Du hast ganz bestimmt zugesperrt, so wie immer«, hatte Sven gesagt, doch es hatte nichts geholfen – sie mussten noch einmal zurückfahren.

Natürlich war die Tür abgeschlossen gewesen. Der Taxifahrer blickte Sven durch den Rückspiegel verschwörerisch an, so als wollte er signalisieren ›Kenne ich, passiert häufiger‹.

Als Feli den Blick des Fahrers bemerkte und ihn missbilligend ansah, konzentrierte er sich schnell wieder auf den vor ihm fahrenden Verkehr.

»Wohin fliegen Sie? Kurztrip? Ein verlängertes Wochenende in einer Stadt? Paris, die Stadt der Liebe vielleicht?« Der Taxifahrer, der laut seinem am Armaturenbrett befestigten Taxi-Ausweis Selim Demiray hieß, fand offenbar Spaß daran, zu erraten, wohin seine jeweiligen Fahrgäste reisten. In diesem Fall war es für ihn klar: eine Kurzreise – nur zwei Handgepäckkoffer. Junge Leute, so um die dreißig, gut gekleidet. Er, der auf cool Machende, vielleicht ein Manager? Sie, die eindeutig die Hosen in der Beziehung anhatte. Ein bisschen verpeilt vielleicht, aber auch ziemlich hübsch. So wie seine Selma, ebensolche dunkle Locken.

»Wegen der Handgepäckkoffer … Kurzreise, oder?« Selim blickte durch seinen Rückspiegel nach hinten und lächelte.

Sven schüttelte den Kopf. »Total daneben. Wir fliegen zuerst nach London und von dort in die USA.« Näher spezifizieren wollte er es nicht, schließlich ging das den Taxifahrer nichts an. Am Ende käme noch der in Svens Einschätzung oft vorhandene Sozialneid der *unteren Klassen*, wie er es ausdrückte, zum Vorschein. Dann müsste er dem Taxifahrer vielleicht sogar ein dem Luxus-Reiseziel angemessenes Trinkgeld geben.

Auf gar keinen Fall!

»USA?« Selim kratzte sich am Kopf. »Das wird schwierig.«

»Wieso sollte das schwierig werden?«, mischte sich Feli ein, die sich bislang konzentriert mit ihrem Handy beschäftigt hatte.

»Na, wegen dem Vulkan.«

»Welcher Vulkan?« Jetzt war Feli hellhörig geworden.

»Na, der in Island.«

»*Auf* Island«, schob Sven missbilligend ein.

»Hä?«

»Es muss *auf* Island heißen«, sagte Sven und mit etwas Verzögerung: »Island ist eine Insel, daher muss es *auf* Island heißen.«

Selim blickte ratlos in den Rückspiegel.

Das Ausfahrtschild zog an ihnen vorbei, Selim setzte den Blinker und bog auf die A 92 Richtung Flughafen ab.

»Es kann auch *in* Island heißen, denn Island ist ja auch ein Land, nicht nur eine Insel.« Feli sah Sven angriffslustig an.

»Ihr zwei seid nicht etwa verheiratet, oder?«

»Noch nicht«, antworteten Sven und Feli wie aus einem Mund und fingen an zu lachen.

»Wir fliegen in die USA und werden dort heiraten«, erklärte Feli.

»Na dann schon mal herzlichen Glückwunsch und viel Glück.« Da war sich Selim sicher ... Glück würden die zwei brauchen.

»Also was ist denn mit diesem Vulkan auf ... ähm ... in Island?«, wollte Sven wissen.

»Na, der ist ausgebrochen. Heute Nacht. Haben Sie das nicht gehört?«

Hatten sie nicht. Nachdem sie heute morgen verschlafen hatten, hatte alles schnell gehen müssen. Es war keine Zeit für den sonst üblichen Blick auf die Weltlage geblieben. »Große Staubwolke, viele Flüge storniert, vor allem die in die USA. Großes Chaos an den

Flughäfen«, wobei er das *große* effektvoll in die Länge zog.

Feli hatte inzwischen die Breaking News auf ihrem Smartphone gecheckt und gefunden, was Selim soeben berichtet hatte.

Der Vulkan Eyjafjallajökull auf einer Halbinsel vor Islands Hauptstadt Reykjavik war ausgebrochen, und der Flugverkehr auf der nördlichen Hemisphäre war davon seit den frühen Morgenstunden stark beeinträchtigt. Hunderte von Flügen über den Atlantik waren bereits abgesagt worden.

»Check mal in unserer Buchung, ob auch unsere Flüge storniert wurden«, sagte Sven zu Feli. Ein kaum spürbares Durchatmen lag in seiner Stimme, das Feli in diesem Moment jedoch nicht bemerkte.

»Bin schon dabei. Mhm … unser Zubringerflug nach London steht noch als ›planmäßiger Abflug‹ im System, zum Anschlussflug nach San Francisco kann ich aktuell nichts finden.«

»San Francisco, tolle Stadt, Flower Power und so …«, mischte sich Selim wieder in das Gespräch ein.

»Waren Sie schon einmal dort?« Sven hob leicht genervt die Augenbrauen an. Taxifahrer, die zu viel quatschten, waren nicht sein Ding.

»Nein, aber ich kenne jemanden, der da schon einmal war. Oder zumindest hinwollte … ich weiß nicht mehr so genau.« Selim hatte genug von den beiden. Klar, dass sie nervös sind, dachte er, jetzt wo die Hochzeit vielleicht ins Wasser fällt. Aber vielleicht auch besser so. Die zwei sind ein komisches Paar, die Ehe wird bestimmt nicht lange halten. Da war er sich in diesem Moment ziemlich sicher.

Den Rest der Fahrt herrschte Schweigen im Taxi von Selim. Alle schienen sich unabgesprochen einig, dass alles Notwendige – und auch einiges Unnotwendige – gesagt war.

Feli blickte unablässig auf ihr Smartphone, Sven hingegen hielt die Augen geschlossen und ging in Gedanken noch einmal die gestern vor dem Firmenchef gehaltene Präsentation durch – was der Chef wohl auf seinem Notizzettel aufgeschrieben haben mochte? Ob er den Job bekommen würde?

Und Selim konzentrierte sich zum Glück auf den vor ihm fahrenden und zunehmend dichter werdenden Verkehr.

Um Punkt zehn Uhr erreichten sie den Flughafen und stürmten auf Ebene 1 schnurstracks zu einem der Lufthansa-Schalter, vor denen sich lange Schlangen mit emotional sichtlich aufgebrachten Passagieren befanden, die lautstark und gestenreich miteinander diskutierten. Auf den Informationstafeln am Eingang hatten Feli und Sven zumindest erkennen können, dass ihr Zubringerflug nach London noch nicht als ›annulliert‹ angezeigt war.

Die Warteschlangen vor den Schaltern bedeuteten nichts Gutes und zeitlich gesehen standen Sven und Feli inzwischen ziemlich unter Druck. Feli konnte die Anspannung bis in ihre Zehenspitzen fühlen.

Die Schlange vor dem Schalter der Businessclass war deutlich kürzer als alle anderen. Sven ergriff entschlossen Felis Hand und zog sie mit sich.

»Wir haben Economy gebucht", sagte Feli irritiert. »Wir können nicht einfach zum Business-Schalter gehen.«

»Lass mich mal machen. Du weißt doch, Frechheit siegt.«

Vor einem der Business-Schalter standen tatsächlich nur drei Passagiere. Sven und Feli reihten sich hinter diesen ein und waren nach wenigen Minuten des Wartens an der Reihe.

Sven lächelte die Lufthansa-Mitarbeiterin an und reichte ihr die Flugunterlagen.

»Tut mir leid … Sie haben Economy gebucht, Sie müssen sich leider an einem anderen Schalter anstellen«, antwortete die Mitarbeiterin, nachdem sie einen Blick auf die Reiseunterlagen geworfen hatte.

Sven setzte sein vielfach erprobtes und fast immer erfolgreiches Hollywoodlächeln auf und sagte mit wohltuend sonorer Stimme: »Ich weiß, aber wir beide wollen in wenigen Tagen auf Hawaii heiraten.« Er zog Feli näher an sich und gab ihr einen filmreifen Kuss auf den Mund, bevor er sich wieder an die Lufthansa-Mitarbeiterin wandte. »Wenn wir heute wegen des Vulkanausbruchs nicht rechtzeitig abfliegen können, und Sie sehen ja die Schlange an den anderen Schaltern, dann platzt unsere Hochzeit und die vielen Gäste, die schon auf dem Weg nach Hawaii sind, warten dort auf uns vergebens.« Dabei zogen sich tiefe Falten über seine Stirn. Fast hätte es auch noch zu einer winzigen Träne gereicht.

Das schien die Lufthansa-Mitarbeiterin zu überzeugen. Für die Absage einer solchen Traumhochzeit auf Hawaii wollte sie vermutlich nicht verantwortlich sein. Dass Sven und Felicitas im kleinsten Kreis – nur sie beide sowie Felis einzige Schwester Melanie und Lasse, sein engster Freund aus Hamburger Schulzeiten, als Trauzeugen anwesend sein würden, hatte Sven aus dramaturgischen Gründen verschwiegen. Wenn man im Marketing arbeitet, muss man lernen, dass es auf die richtige Verpackung ankommt. Das hatte er gleich zu Anfang an der Universität begriffen. Und das galt eigentlich im ganzen Leben, wie er fand.

»Ich mache mal eine Ausnahme, weil Sie auf Hochzeitsreise sind und zeitlich unter Druck stehen.« Die Mitarbeiterin blickte wieder konzentriert auf ihren Bildschirm.

»Danke. Sie sind großartig und unsere Retterin.« Sven spürte, dass sich die heute am Morgen unbefriedigt gebliebene Libido wieder meldete. Diese Lufthansa-Mitarbeiterin in ihrer Uniform sah wirklich sehr attraktiv aus, wie er schon zuvor festgestellt hatte. Früher, also vor Felis Zeit, hätte er ihr seine Telefonnummer gegeben.

Damit hatte er auf Geschäftsreisen oft Erfolg gehabt. Ein wenig wehmütig dachte er an vergangene Zeiten zurück.

»Du hast *auf* Hawaii gesagt«, sagte Feli in diesem Moment mit hochgezogenen Augenbrauen. »Man muss aber *in* Hawaii sagen. Hawaii ist ein Bundesstaat. Man sagt ja auch *in* Kalifornien.«

»Zwei zu null für dich, Schatz.« Sven kannte ihr Faible für Sprachgenauigkeit nur allzu gut.

»Also, was ich Ihnen sagen kann, ist, dass ihr Flug nach London planmäßig um 11:35 Uhr abfliegen wird. Ihr Anschlussflug von London nach San Francisco jedoch… da sieht es schlecht aus. Der ist zwar noch nicht annulliert, aber es kommen jetzt laufend Stornierungen von Flügen rein, die in westlicher Richtung über den Atlantik gehen. Der Flughafen in Hamburg hat gerade alle Starts nach Kanada und die nördlichen Großstädte in den USA abgesagt. Ich befürchte, London wird folgen, und dann sitzen Sie dort fest.« Die reizende Lufthansa-Mitarbeiterin machte ein betrübtes Gesicht.

»Gibt es eine Alternative für uns?«, wollte Feli wissen.

»Nun, ich könnte versuchen, Sie umzubuchen. Das ist etwas komplizierter, ich werde mal schauen, was ich hinbekomme.«

»Vielen Dank … Susanne. Oder Sandra vielleicht? Frau Klaasen, natürlich«, sagte Sven, deutete auf ihr am Revers hängendes Namensschild mit dem Schriftzug ›S. Klaasen‹ und versuchte sich noch einmal an seinem Strahlemann-Lächeln.

»Ist schon in Ordnung … Simone.«

Ein leichtes Erröten zeigte sich auf ihren Wangen, und ihr Grübchen gefiel Sven ganz besonders.

Feli zwickte Sven schmerzhaft in die Seite. Ihr waren seine Blicke zu dieser Simone nicht verborgen geblieben.

»Also …«, sagte Simone. »Ich habe da etwas, aber es ist leider nur noch ein einziger Platz frei. Alle, die nach Nordamerika wollen, buchen gerade ihre Flüge um. Ich kann einen von Ihnen beiden sofort nach Paris umbuchen. Von Paris aus geht es anschließend nicht wie geplant nach San Francisco, sondern nach Los Angeles und von dort nach Honolulu. Dauert insgesamt etwa vier Stunden länger, dafür werden diese Flüge ziemlich sicher durchgeführt, da sie eine südlichere Route nehmen, die von der Aschewolke bisher nicht betroffen ist, während Sie von London aus heute wahrscheinlich nicht mehr weiter kommen.« Sie blickte Feli und Sven fragend an.

»Und was macht dann die zweite Hälfte des Brautpaares?« Feli sah Simone kämpferisch an.

»Für heute geht nichts mehr. Selbst die Flüge, die ich Ihnen gerade genannt habe, sind sicher in wenigen Minuten weg, wenn Sie sich nicht gleich entscheiden können. Ich habe da für morgen noch einen freien Platz in einer Maschine nach Madrid und von dort nach L. A. gefunden. Den könnte die zweite Person nehmen. Aber auch den sollten wir schnell festmachen.«

»Und was ist mit unserem Gepäck, das wir gestern aufgegeben haben?«, fragte Feli.

»Das kann ich genauso umbuchen … ich sehe gerade, es ist leider wegen des entstandenen Chaos heute morgen fälschlicherweise nach Palma de Mallorca transportiert worden. Keine Sorge, die Koffer werden auf Ihren Zielort in den USA umgeleitet. Das kann ich sofort veranlassen. Normalerweise sollten Sie Ihre Koffer schon morgen in Honolulu am Flughafen in Empfang nehmen können.«

Normalerweise, dachte Feli resigniert. Mein Hochzeitskleid! Was wenn …? Sie wagte nicht, weiterzudenken. Gedankenstopp, befahl sie sich.

Svens Handy klingelte. »Ein wichtiger Anruf. Feli, ich mach schnell.« Er blickte sie entschuldigend an und war auch schon verschwunden.

»Okay, ich muss wohl allein entscheiden, wer von uns beiden jetzt fliegt und wer morgen. Mhm … bitte buchen Sie mich auf das Flugzeug für heute um, mein *Verlobter* …«, dies betonte Feli mit erhobener Stimme und besitzergreifendem Blick auf Simone deutlich, »… er fliegt morgen.«

»Sehr gern.« Sie hat die Hosen in der Beziehung an, eindeutig, dachte Simone wie zuvor schon Selim, und wandte sich wieder ihrem Bildschirm zu.

Feli blickte suchend umher und entdeckte Sven, wie er einige Meter entfernt lässig an eine Säule gelehnt und lächelnd telefonierte.

Sie winkte ihm zu und bedeutete ihm, zu ihr zu kommen, was er postwendend tat.

»Mit wem hast du da telefoniert? Ich hätte dich hier gebraucht! Jetzt habe ich allein festlegen müssen, wer von uns wann abfliegt.«

»Mike hatte noch ein paar Fragen wegen der Präsentation. Du weißt ja, er kennt sich da nicht so gut aus wie ich.«

»Und warum hast du beim Telefonat ständig so komisch gelächelt?«

»Mike hat mir den neuesten Klatsch über den *Alten* und seine Assistentin erzählt. Berichte ich dir später … äh, in Amerika.«

»Mhm, ist auch egal, wir müssen schnell sein. Ich werde heute die Maschine nach Paris nehmen und du kommst morgen nach. Wir treffen uns in L.A. und fliegen von dort gemeinsam nach Hawaii. Ich fliege also heute und du morgen … verstanden? Und … weitere *bad news* … unsere Koffer sind momentan auf Mallorca … aber *Simone* hier …«, Feli hob ihre Stimme merklich an, »… sagt, sie werden rechtzeitig in Hawaii ankommen … wenn alles gut geht.«

Feli hatte die Informationen für Sven stakkatomäßig hervorgebracht und blickte ihn nun mit großen Augen erwartungsvoll an. »Passt das für dich, mein Schatz?«

»Du hast das super gemanagt, ich bin stolz auf dich.« Sven nahm sie kraftvoll in seine Arme und strich ihr eine gelockte Haarsträhne aus der Stirn.

»Ich habe alle Tickets bereits von Simone erhalten. Jetzt aber los. Mein Flieger geht in weniger als einer Stunde.« Sie blickte Sven in die Augen. »Schatz, ich hatte mir den Start in unsere gemeinsame Zukunft wirklich anders vorgestellt.«

Sven gab ihr einen zärtlichen Kuss. »Das bekommen wir schon hin! Wir müssen eben flexibel sein, das sagst du ja auch immer.«

»Komm, noch einmal fest drücken.« Feli umarmte ihn und lehnte ihren Kopf an seine Brust.

»Soll ich dich bis zum Security-Check bringen?«

Feli schüttelte den Kopf. »Nee, lass mal, sonst kommen mir noch die Tränen.«

Feli und Sven umarmten sich ein letztes Mal, danach ergriff sie ihren Handgepäckkoffer und ging, ohne sich noch einmal umzudrehen, in Richtung Gepäckkontrolle.

Sven blieb einen Moment stehen und blickte ihr nachdenklich hinterher. Dann ging er erneut zu Simone Klaasen an den Business-Schalter der Lufthansa.

»Entschuldigen Sie, Simone, ich hätte da eine Bitte …«

Wenig später verließ Sven zufrieden vor sich hin pfeifend das Terminalgebäude in Richtung S-Bahn-Station. Das, was ihm gefehlt hatte, stand auf einem Zettel, den er in der Innentasche seines Sakkos sicher verwahrt hatte.

Er holte sein Handy hervor und schrieb eine Textnachricht.

> Meine Pläne haben sich kurzfristig
> geändert. Treffen heute bei dir?
> Sven

So ein Vulkanausbruch schuf eine völlig neue Situation.

Feli hätte sich schon längst melden müssen. Auf ihre Nachricht vom Vortag hatte sie bisher keine Antwort erhalten. Das sah Feli gar nicht ähnlich. Melanie schrieb eine weitere WhatsApp.

> Feli, wo bist du? Bitte melde dich! Es ist
> wirklich SUPERWICHTIG!

Sie musste unbedingt mit Feli sprechen, und das am besten, bevor diese mit Sven ins Flugzeug stieg. Vielleicht waren beide noch gar nicht abgeflogen, der Vulkanausbruch auf Island könnte gerade rechtzeitig zur Hilfe gekommen sein.

Melanie versuchte es mit einem Anruf – vergebens. Außer einer Ansage »Die Rufnummer ist zur Zeit leider nicht erreichbar« gab es keinen Kontakt. Sie wollte Feli unbedingt mitteilen, dass sie Sven erst vor wenigen Tagen mit einer anderen Frau zusammen in einem Café im Lehel gesehen hatte. Nach einem Business-Meeting sah das Ganze nicht aus. Zumal die ihm gegenüber sitzende Frau Sven schmachtend angesehen hatte. Melanie hatte dies aus sicherer Entfernung, aber dennoch gut beobachten können.

Sven ist ein aalglattes Arschloch, ging ihr durch den Kopf. Wenn Feli doch nur bei Max geblieben wäre. Warum hatte sie Max den Laufpass geben müssen? Melanie hatte das nie so richtig verstanden, und Feli hatte damals nur wenig über die Trennung erzählt. Keine Details – in diesen Angelegenheiten war Feli stets sehr diskret gewesen. Und das, obwohl sie beide sonst in allen anderen Dingen keinerlei Geheimnisse voneinander hatten.

Max passte viel besser zu Feli als Sven, da war sie sich sicher. Nein, sie wusste es, denn schließlich kannte sie Max seit ihrer Schulzeit. In dieser Zeit war sie sogar selbst einmal in Max verliebt gewesen. Natürlich hatte sie nicht den Mut gefunden, auf ihn zuzugehen. So war er ahnungslos geblieben. Und nach dem Abitur hatten sie sich aus den Augen verloren. Sie war in München zum Studieren geblieben, wegen Feli, die noch zur Schule ging. Schließlich war Melanie nach dem Tod ihrer Eltern die Erziehungsberechtigte. Max hingegen war zum Studieren nach Jena gegangen. Erst Jahre später hatten sie sich zufällig in München auf einem Musikfestival wiedergetroffen.

Einige Monate danach veranstaltete Max eine Silvesterparty und lud sie dazu ein. Da Feli, inzwischen selbst im Studium, für den Jahreswechsel bislang keine eigenen Pläne gehabt hatte, war sie kurz entschlossen mitgekommen. Und hatte sich am gleichen Abend in Max verliebt.

Wie im Märchen, dachte Melanie.

Aber Max hatte anfangs nichts davon bemerkt, da er in der Endphase einer komplizierten Beziehung steckte. Doch ein halbes Jahr nach der Silversterparty überraschten Feli und Max alle durch Statusänderungen in ihren Social-Media-Accounts.

Drei Jahre hatte die Beziehung gehalten. Melanie hatte imponiert, wie sensibel Max mit Felis immer wieder auftretenden Ticks umzugehen wusste. Dass Feli darauf bestanden hatte, bei der Wohnungssuche nur Wohnungen in Häusern mit den Hausnummern sechs, neun oder zwölf in Betracht zu ziehen, reduzierte die ohnehin spärliche Auswahl an bezahlbaren Wohnungen in München immens.

Max hatte dies offenbar nicht sonderlich viel ausgemacht, er hatte Feli zuliebe lapidar gesagt: »Macht nix, dann suchen wir eben etwas länger.«

Felis Ticks waren nach der Trennung von Max im letzten Jahr wieder stärker geworden. Sven hatte jedoch anscheinend keinerlei Antennen dafür.

Sie blickte erneut auf ihr Handy. Nichts, keine Antwort. Feli war wie abgetaucht.

Melanie hatte zeitlebens auf ihre kleine Schwester aufgepasst.

Und das wird sich niemals ändern, ging ihr durch den Kopf, bevor sie erneut eine Nachricht schrieb, die allerdings nicht an Feli gerichtet war.

Jetzt dranbleiben!
LG Melanie Mayrhofer

Das tiefe Dröhnen der Triebwerke wurde lauter. Feli wurde in den Sitz gepresst, während die Maschine an Geschwindigkeit gewann und schließlich der Boden unter den Rädern verschwand. Sie hasste die Starts … und die Landungen. Das zumeist sanfte Gleiten des Flugzeugs, sobald es seine Flughöhe erreicht hatte, empfand sie hingegen als beruhigend. Dann konnte sie durchatmen und sich entspannt in ihrem Sitz zurücklehnen. Die Lufthansa-Maschine, die bis auf den letzten Platz belegt war, befand sich auf dem Weg nach Paris.

Feli dachte an die bevorstehende Hochzeit. Hoffentlich warteten ihre drei Koffer, vor allem der mit dem Hochzeitskleid, bei ihrer Ankunft in Honolulu schon auf sie. Ohne Hochzeitskleid keine Hochzeit. Da haben wir extra eine Hochzeit am Waikiki Beach in der wunderschönen kleinen Kapelle geplant und dann kommt dieser blöde Vulkan dazwischen.

Wie hieß der noch mal? Sie wollte den Namen googeln, stellte aber fest, dass sie im Flugzeug kein Internet hatte.

Wie dumm von mir, aber den Aufpreis spare ich mir. Eigentlich ist das auch gar nicht wichtig. Wichtig ist Svens blauer Koffer.

Das Flugzeug schwankte stark hin und her, als sie eine dicke Wolkendecke durchflogen. Die Anschnallzeichen leuchteten mit einem unüberhörbaren Hinweiston auf.

Felis Gedanken schweiften zu Melanie.

Sie meint immer noch, dass sie wie eine Glucke auf mich aufpassen muss. Muss sie aber nicht und soll sie auch nicht!

Feli spürte, wie ein Rest des Ärgers, den sie am vergangenen Wochenende in Regensburg im Streit mit Melanie so tief gespürt hatte, noch da war.

Warum kann Melanie nicht einfach akzeptieren, dass ich Sven heiraten werde? Vermutlich lag es daran, dass Melanie mit Max viel besser ausgekommen war als jetzt mit Sven. Max und Melanie, die zwei hatten von Anfang an einen guten Draht zueinander. Vielleicht hätte Melanie lieber Max heiraten sollen anstelle von Peter – Mr Langweilig, der Melanie nicht hatte glücklich machen können. Inzwischen war der irgendwo in einem langweiligen Kuhkaff in Franken mit seiner neuen Flamme, einer *Ökotante*, wie Feli sie bezeichnete. Vegan und völlig uncool. M & M – Melanie und Max – das hätte auch gepasst. Und dennoch schlich sich bei ihr ein leichtes Unbehagen bei diesem Gedanken ein.

Verdammt, Melanie hatte ihr doch eine Nachricht geschickt. Feli zückte ihr Handy und las offline die zwei WhatsApp Nachrichten von Melanie.

> Ruf mich an, es ist wichtig! Wir müssen reden!

> Feli, wo bist du? Bitte melde dich! Es ist wirklich SUPERWICHTIG!

Ich werde Melanie von Paris aus anrufen. Was Max wohl gerade macht?

Der Countdown auf ihrer Uhr zeigte 7 Tage, 10 Stunden und 18 Minuten.

Max saß im Flugzeug nach Edinburgh. Es war am Flughafen in Amsterdam mit mehrstündiger Verspätung abgeflogen, da der Vulkanausbruch auf Island den Flugverkehr in Nordeuropa auch hier massiv durcheinanderbrachte. Er hatte bereits seinem Geschäftspartner in Edinburgh telefonisch Bescheid gegeben, dass er erst am frühen Nachmittag eintreffen werde. Auch wenn er sich jetzt eigentlich für den Termin in Schottland vorbereiten sollte, drehten sich seine Gedanken um Melanies Nachricht.

Die Zeit mit Feli fühlte sich für ihn immer noch sehr real und emotional nah an. Obwohl es schon fast ein Jahr her war, dass Feli von einem auf den anderen Tag ausgezogen war. Sie hatte außer ein paar vorwurfsvollen Anklagen wie ›Wir passen offensichtlich nicht zusammen‹; ›Du verstehst mich nicht‹ und ›Das funktioniert so einfach nicht mit uns‹ keine vernünftige Erklärung für die Trennung genannt.

Erst viel später war ihm klar geworden, dass Feli auf ihrem letzten gemeinsamen Urlaub im Sommer in New York – und zwar genau am 6. Juni – auf einen Heiratsantrag von ihm gewartet hatte. Sie waren an diesem Tag auf dem Empire State Building gewesen und er hatte ihr im Aufzug nach oben gesagt, dass er auf der Besucherplattform eine Überraschung für sie hätte. Er hatte sie mit einem fantastischen Blick auf den Hudson River überraschen wollen und auch mit einem Blick von oben auf das Nobelrestaurant, für das er für den Folgeabend nach aufwändigen Bemühungen und unter Zahlung einer horrenden Vermittlungsprovision einen Tisch hatte reservieren können.

Feli hatte offensichtlich eine andere Überraschung erwartet. Die Enttäuschung hatte ihr auf der Besucherplattfom unverkennbar im Gesicht gestanden – sie hatte regelrecht versteinert gewirkt.

Die darauffolgenden Tage in New York waren stimmungstechnisch entsprechend enttäuschend für beide verlaufen und wenige Tage nach ihrer Rückkehr nach München war Feli aus der gemeinsamen Wohnung ausgezogen. Erst Wochen danach hatte sie ihm eine lange E-Mail geschrieben und ihre Enttäuschung und die Gründe für die Trennung mitgeteilt. Da war es bereits zu spät gewesen. Feli blockte in der Folge alle seine Versuche ab, wieder mit ihr ins Gespräch zu kommen.

Sie hatten seit Monaten keinen Kontakt mehr miteinander.

Und er hatte gelitten. So wie bisher noch nie nach einer Trennung. In seiner Verletztheit hatte er sich an Melanie gewandt, die ein offenes Ohr für ihn hatte und mit der er sich anschließend öfters traf, aber natürlich konnte sie ihm *seine* Feli nicht wieder zurückbringen. Melanie meinte, Feli würde auch ihr gegenüber immer abblocken, wenn sie auf das Thema zu sprechen käme.

So hatte er zum vergangenen Jahreswechsel ein letztes Mal all seinen Schmerz in Alkohol ertränkt und sich am 1. Januar fest vorgenommen, Feli endgültig zu vergessen. Übersehen hatte er dabei offenbar, dass sein Kopf und sein Bauch nicht miteinander im Einklang schwangen. So wie in dem Song von Mark Forster, *Bauch und Kopf*, wie ihm in diesem Moment einfiel.

»Möchten Sie noch etwas trinken?« Die Flugbegleiterin lächelte ihn an.

Max schüttelte den Kopf.

Der Start in ihre Beziehung war nicht einfach verlaufen. Er hatte damals in einer toxischen Beziehung mit einer anderen Frau gesteckt. Einer Beziehung, die jeden Tag aufs Neue kompliziert gewesen war. Einer Beziehung, in der irgendwann der Reiz der erneuten Versöhnung nicht mehr ausgereicht hatte, die entstandenen Schäden an der eigenen Psyche zu kompensieren. Feli hatte viel Geduld gezeigt und ihn nicht gedrängt, bis er endlich selbst die Initiative ergriffen hatte. Zunächst hatte er sich von seiner bisherigen Partnerin getrennt. Auf die richtige Reihenfolge kam es an, so wie meist, das war schon damals klar für ihn gewesen.

Darauf waren drei wunderbare Jahre mit Feli gefolgt.

»Bitte schnallen Sie sich wieder an, wir gehen gleich in die Landephase«, wies ihn die blonde Flugbegleiterin mit Blick auf seinen trotz zuvor erfolgter Kabinendurchsage immer noch offenen Sicherheitsgurt hin.

Ihre nach Palma de Mallorca fehlgeleiteten Koffer wurden dort registriert und werden umgehend nach München zurückbefördert. Leider werden sie nicht rechtzeitig zu Ihrem Abflug von Paris nach Los Angeles

eintreffen, Ihnen aber mit dem
nächstmöglichen Flug von München
nachgesendet.
Ihr Lufthansa-Service München

Feli blickte auf die SMS, die sie erreicht hatte, kurz
nachdem sie in Paris gelandet war. »Na super«,
murmelte sie, aber wenigstens waren die Koffer
aufgetaucht. Mit der Kleidung im Handgepäckkoffer
würde sie allerdings nicht weit kommen. Eventuell
musste sie in Los Angeles shoppen gehen.

Keine besonders unangenehme Idee, dachte sie und
ein Lächeln stahl sich auf ihr Gesicht. Nicht übertreiben,
nur unbedingt notwendige Kleidung. Die Reise nach
Hawaii war schließlich nicht ganz billig.

Sie atmete tief durch und schrieb noch auf dem Weg
zu ihrem Anschlussflug eine WhatsApp an Sven.

Schatz, eine gute und eine schlechte
Nachricht. Die gute: Ich bin in Paris
gelandet. Mein Flieger nach L.A. geht in
knapp zwei Stunden. Das sollte zu
schaffen sein.
Aber ... Achtung ... bad news ... unsere
Koffer werden verspätet in L.A.
ankommen. Vermutlich mit dir in der
Maschine.
Ich vermisse dich jetzt schon!
Feli

Anschließend holte sich Feli in einer nahegelegenen Flughafenbäckerei ein knuspriges Croissant und einen wunderbar duftenden heißen Milchkaffee. Heute morgen hatte sie zu Hause in der Eile keine Zeit gefunden, zu frühstücken, und mittlerweile merkte sie, dass die Anspannung des bisherigen Tages etwas nachgelassen hatte, um dem einsetzenden Hunger Platz zu machen. Nach einem ersten Schluck Kaffee schrieb sie an Melanie.

> Schwesterherz, mir geht es gut, auch wenn dieser bescheuerte Vulkan Eyja... unsere Reisepläne komplett durcheinandergebracht hat. Wir mussten umbuchen – ich schreibe dir gerade aus Paris – Sven wird erst morgen fliegen. Es gab keinen weiteren freien Platz in meinem Flugzeug. UND: UNSERE KOFFER SIND UMGELEITET WORDEN UND WERDEN VERSPÄTET IN DEN USA EINTREFFEN! Für telefonieren habe ich jetzt keine Nerven, nicht böse sein. Ich melde mich morgen aus den USA.
> Feli

Sie klappte ihre Handyhülle zu und sah auf die nächstgelegene Informationstafel. Fast die Hälfte der angezeigten Flüge war bereits als annulé/cancelled gekennzeichnet. Ihr Flug mit der Air France Maschine nach Los Angeles befand sich allerdings nicht darunter. Sie atmete einmal durch.

Eine Stunde später saß sie im Flugzeug der Air France und wartete angespannt auf ihren Abflug in die USA, der nahezu pünktlich von Paris-Charles-de-Gaulle stattfand.

Max checkte in seinem Hotel ein, dem *Scottish Thistle* in der Nähe der Princess Street und mit Blick auf das altehrwürdige Edinburgh Castle. Er hatte in diesem kleinen, aber sehr gemütlichen Hotel bereits einige Male zuvor auf seinen Geschäftsreisen übernachtet. Im Gegensatz zu den großen, mit Wellnessbereich und allerlei anderem Schnickschnack ausgestatteten Hotels in Schottlands Hauptstadt verfügte das *Scottish Thistle* über etwas, das die anderen Hotels nicht bieten konnten: einen pittoresken Charme und am Empfang den einzigartigen Hamish, den Hotelinhaber. Einen waschechten Schotten, der die meiste Zeit im Kilt herumlief und dessen schottischen Dialekt man nur dann einigermaßen verstehen konnte, wenn man bereits zuvor längere Zeit in Schottland verbracht hatte.

So wie Max, der – sobald er Hamishs Stimme hörte – an sein Auslandssemester hier an der Universität in Edinburgh zurückdenken musste. Die beste Zeit seines

Lebens. Mit Ausnahme der Zeit mit Feli natürlich, schob er gedanklich – fast entschuldigend – hinterher.

»Hi, Hamish, good to see you again.«

»Welcome back, Max. Staying three nights as always?«, brummte Hamish im rauen Tonfall der Leute aus Leith, dem Stadtbezirk der Docks und der Arbeiterklasse von Edinburgh.

Max nickte. Zwei komplette Tage würde er benötigen, um beim Produktanlauf in der Fabrik von *Glenrothes & Co.* dabei zu sein, und hoffentlich das Produkt, das in der Folge in die Serienfertigung seines eigenen Arbeitgebers eingebaut werden sollte, zu zertifizieren. Ohne Zertifizierung keine Lieferung. Ohne Lieferung kein Geschäft. In letzter Zeit hatte es immer wieder Qualitätsprobleme mit Produkten von *Glenrothes & Co.* gegeben. Max' Auftrag war es, genauestens hinzuschauen und notfalls die Reißleine zu ziehen, wie sein Chef ihm aufgetragen hatte.

Mein neuer Boss, noch so ein schwieriges Thema, mit dem ich mich beschäftigen muss, sobald ich mal die Ruhe dazu finde, dachte er.

Er lächelte Hamish breit an. »Wer gewinnt dieses Jahr die schottische Meisterschaft? *Rangers* oder *Celtic*?« Max kannte die Fußballleidenschaft von Hamish. Dessen Herz schlug im wahrsten Sinne für die Lokalmatadore, die *Hearts of Midlothian*, die es allerdings traditionell schwer hatten gegen die übermächtigen Clubs aus Glasgow. Als Einwohner von Edinburgh ignorierte man am besten alles, was aus Glasgow kam. Das hatte Max in den sechs Monaten seines Studienaufenthaltes hier schnell mitbekommen. Noch schlimmer für die Leute in Edinburgh war alles, was aus London kam. Insbesondere natürlich die Politiker.

»Room number six, second floor. Your usual preferred room at the front of the building.« Als Max die enge Treppe hinaufstieg, kommentierte Hamish gewohnt resigniert: »*Rangers* will make it again.«

Max schloss die Tür seines Zimmers auf, verstaute seine Kleidung im Schrank und rief seinen Ansprechpartner bei *Glenrothes* an. Von diesem erfuhr er, dass der für heute vorgesehene Produktionsanlauf kurzfristig auf den nächsten Tag verschoben war. Angeblich wegen eines Lieferengpasses bei einem unwichtigen Kleinbauteil, das allerdings für den Produktionsanlauf benötigt wurde. Max hatte da so seine Zweifel, aber diese jetzt am Telefon zu äußern, wäre unklug gewesen. Er hatte keine andere Wahl, als den morgigen Tag abzuwarten. Er nahm sich vor, genauer als sonst hinzusehen und – falls notwendig – keinen Stein auf dem anderen zu lassen. Sein Chef wollte belastbare Ergebnisse, und die würde er liefern.

Wenig später, es war bereits früher Abend, spazierte Max die malerische George Street entlang und setzte sich an den Tresen eines Pubs, der mit unzähligen und bereits halb ausgetrunkenen Biergläsern voll stand. Der Pub war zu dieser Stunde mit jeder Menge Touristen gefüllt.

Auld Reekie, wie die Einheimischen Edinburgh nannten, hatte sich in den letzten Jahren immer mehr zu einem internationalen Touristenhotspot entwickelt.

Die Musik dröhnte bis auf die Straße hinaus und war ganz und gar nicht nach Max' Musikgeschmack. Mhm … *Thin Lizzy*. Ihm war momentan eher nicht nach *Headbanging* zumute.

Max bereute seine Wahl umgehend, aber er hatte Lust auf ein Bier und fühlte nun die körperlichen Anstrengungen der letzten Tage in Amsterdam. Seine Füße schmerzten vom stundenlangen Stehen am Messestand. Er wollte jetzt einfach nur allein ein Glas Ale trinken und anschließend möglichst schnell wieder ins Hotel zurück.

Als sein Glas inzwischen leer vor ihm auf dem Tresen stand, holte er sein Handy hervor.

April Madison aus Detroit hatte sich gemeldet.

> Hi Max, danke für deine Kontaktannahme. Ich glaube, wir arbeiten in der gleichen Branche – Automobil. Dein Businessprofil hat mir gefallen. Ich bin bei Hutchinson in Detroit für Sales zuständig. Vielleicht ergeben sich Synergien?
> Ich freue mich, von dir wieder zu hören.
> April

Max antwortete April knapp und unverbindlich und checkte anschließend seinen WhatsApp-Account.

Nichts.

Keine neue Nachricht von Melanie.

Vermutlich besser so, dachte er und bestellte sich ein weiteres *Golden Ale*. Es war nicht das letzte Bier an diesem Abend, das angenehm seine Kehle hinunterlief.

Andrew und der Quarter

Der Airbus A320 setzte am späten Abend auf der nördlichen Landebahn des Flughafens London Heathrow auf und Andrew wurde unsanft aus seinem Schlaf gerissen. Seine Knie waren eingezwängt zwischen dem Vordersitz, auf dem sich ein schwergewichtiger Waliser breitgemacht hatte, und seinem eigenen Handgepäck, das auf dem engen Raum unter dem Vordersitz ebenfalls noch hatte Platz finden müssen. So war das nun mal bei einem Billigflug. Wenig Beinfreiheit, aber ein Billigflug war für seine derzeitige Situation die absolut angemessene Wahl.

Da war er nun wieder, zu Hause in London. Wobei das *zu Hause* nicht wirklich sicher war. Nicht mehr. Nicht, seitdem er vier Wochen zuvor seine Kündigung erhalten hatte. Nach fast fünfundzwanzig Jahren in der gleichen Firma, *Oats & Henley*, die seit über einhundert Jahren in London beheimatet war und hochwertige Schreibwaren herstellte. Hoflieferant der englischen Krone. King Charles unterzeichnete die ihm vorgelegten Gesetze seiner Regierung mit einem Füller aus dem Hause *Oats & Henley*. So wie die Regenten vor ihm, allen voran die verstorbene Queen Elizabeth II.

Aber was zählte das jetzt noch?

Die Deckenlichter im Flugzeug gingen an und die übliche Betriebsamkeit der heimreisenden britischen Touristen setzte ein. Handys wurden eingeschaltet, Mailboxen gecheckt – die Mitreisenden dürsteten nach Informationen. Ein Bedürfnis, das ihm fremd war. Seine Welt bestand – nein, *hatte bestanden* – aus weitgehend analogen Prozessen, bei denen Qualität wichtiger war als Geschwindigkeit. Dem neuen Zeitgeist konnte man nicht entfliehen. Die Menschen, auch in Großbritannien, schienen immer weniger Bedarf an Füllfederhaltern und hochwertigen Kugelschreibern zu haben. Die Bestellungen gingen seit Jahren kontinuierlich zurück, und die Unternehmensleitung hatte handeln müssen. Andrew konnte Sir Archibald, den Firmeninhaber in vierter Generation, sogar verstehen. Die Produktion sollte demnächst nach Fernost verlagert werden, Mitarbeiter am teuren Firmensitz in London mussten *freigestellt* werden. *Freigestellt*, was für ein Euphemismus, ging ihm durch den Kopf. Eine Freiheit, die er erst noch finden musste, und die er auf seiner spontanen Kurzreise nach Mallorca nicht gefunden hatte. Da half auch die Gravur auf dem teuren Füllfederhalter nichts, einem

Empire Sovereign, den ihm Sir Archibald an seinem letzten Arbeitstag mit salbungsvollen Worten überreicht hatte. *For Andrew – one of our best!*

»Wie soll ich das Claire beibringen?«

Der Ryanair-Flieger war inzwischen an seiner Endposition angekommen, Andrews Mitreisende befreiten sich wie auf ein geheimes Zeichen hin schnellstmöglich von ihren engen Sitzgurten. Die ungeduldigsten unter ihnen standen bereits im Gang und warteten darauf, dass das Bordpersonal endlich die Tür nach draußen öffnete.

Nur noch dreißig Minuten, dachte Andrew. Sicher wartet sie schon am Ausgang auf mich.

Claire war immer pünktlich.

Er ließ seinen Mitreisenden den Vortritt, so als könnte er dadurch das Unvermeidliche hinauszögern. Als einer der Letzten verließ er das Flugzeug. Nur eine ältere Frau mit Gehbehinderung war noch mit ihm im Flugzeug und wartete auf die Hilfskräfte mit den gelben Jacken und den zusammenklappbaren Rollstühlen.

Andrew hatte Claire von der Kündigung seines Arbeitsverhältnisses bislang kein Wort gesagt. Die ersten vierzehn Tage nach der Kündigung war er, so wie die fünfundzwanzig Jahre zuvor, jeden Morgen mit der Central Line von Chigwell zur Station Liverpool Street gefahren, dort in die Metropolitan Line um- und am Euston Square ausgestiegen. Dort befand sich der traditionsreiche Firmensitz von *Oats & Henley*. Sechzig

Minuten Fahrtzeit. Jeden Morgen und jeden Abend. Andrew hatte Claire in einem geeigneten Moment von der Kündigung erzählen wollen, um dann mit ihr gemeinsam zu überlegen, was zu tun sei. Diesen Moment hatte er in den vergangenen Wochen nicht gefunden. Claire ahnte nichts.

Er ging die überfüllten und ihm heute endlos lang erscheinenden Gänge des Terminals 4 des Flughafens entlang.

Nur noch zwanzig Minuten, bis ich es ihr sagen werde. Bei diesem Gedanken verkrampften sich seine Finger und er spürte, wie sein Puls schneller wurde.

Er folgte den Zeichen mit der Aufschrift *arrivals/baggage reclaim* und das Laufband brachte ihn schneller, als ihm heute Abend lieb war, zu dem Gepäckausgabebereich. Sein Blick wanderte auf die Informationstafel. Band 18. Dort würde sein Koffer in wenigen Minuten ankommen. Außer es kam zu den üblichen Verzögerungen, für die Heathrow berüchtigt war. Aber mehr als fünfzehn Minuten würden es am heutigen Abend dennoch nicht sein, die ihm verblieben.

Andrew stellte sich nahe an das inzwischen mit einem Ruck in Betrieb gegangene Kofferförderband, als er bemerkte, dass auf dem glatten Hallenboden eine Geldmünze langsam auf ihn zurollte, an seinem rechten Schuh stoppte und klimpernd auf die Seite fiel.

»Sorry, mein *Quarter* ist mir anscheinend aus der Tasche gefallen«, sagte ein mit amerikanischem

Südstaatenakzent sprechender, ungefähr vierzigjähriger Mann und lächelte ihn an.

Andrew bückte sich, hob die Münze auf und betrachtete sie. »Einen *Quarter* brauchen Sie in England nicht.«

»Sie haben recht. Dieser *Quarter* ist so etwas wie ein Glücksbringer für mich. Er hilft mir bei schwierigen Entscheidungen. Ich habe ihn immer dabei. Außerdem erinnert er mich an meine Heimat in den USA.«

»Nun, dann nehmen Sie ihn wieder an sich.« Andrew reichte dem Fremden die Münze.

»Haben Sie zufällig gesehen, auf welche Seite die Münze gefallen ist?«

Andrew überlegte. »Ich glaube … nein, ich bin mir ziemlich sicher, dass es George Washington war, das ist er doch auf der Münze, oder?«

»Yepp, der gute alte George. Danke!«

»Warum wollten Sie das wissen?« Andrew blickte den Fremden fragend an.

»Nichts Bestimmtes, nur so eine Angewohnheit«, antwortete der Mann, nickte ihm zu und entfernte sich mit langsamen Schritten in Richtung Ausgang.

Seltsam, dachte Andrew. Der Mann war mit ihm in der gleichen Maschine gewesen. Einen Koffer schien er aber nicht am Gepäckband abgeholt zu haben. Zumindest war Andrew keiner aufgefallen.

Fünf Minuten – höchstens, ging ihm wieder durch den Kopf.

Andrew wandte sich wieder dem monoton laufenden Gepäckband zu und erspähte seinen Koffer, der aus den Tiefen des Londoner Flughafens nach oben befördert wurde. Ein blauer Hartschalenkoffer mit einem roten Griff, der war das einzige Ungewöhnliche daran. Der Griff ermöglichte es Andrew auf Flugreisen, seinen Koffer schnell zu identifizieren. Diesen Koffer, eine Sonderedition einer in Konkurs gegangenen Luxusmarke, hatte Claire vor einigen Jahren günstig in einem Londoner Kaufhaus erworben und ihm zu seinem fünfzigsten Geburtstag geschenkt.

Es waren nur noch wenige Minuten, bevor er mit ihr aufeinandertreffen würde. Den Flug nach Mallorca hatte er ihr als notwendige Geschäftsreise zu einer Filiale in Palmas Altstadt erklärt. Dabei wollte er in Wahrheit nur etwas Abstand zu London und seinem bisherigen Leben. In Ruhe nachdenken können, Lösungen finden. Auch auf die Frage, wie sich der Arbeitsmarkt für einen Mittfünfziger aus einer *very old economy* Branche und mit nicht abgezahlten Hypothekenkrediten für das Haus in Chigwall darstellte. Ein paar Ideen hatte er am Strand von Magaluf in der Tat finden können. Er musste diese mit Claire besprechen. Weil Claire für alles eine Lösung hatte. Sie war seine beste Zuhörerin, schon immer gewesen.

Andrew griff nach seinem Koffer, warf einen kurzen Blick auf den Anhänger – man konnte sich schließlich nie ganz sicher sein, den richtigen Koffer zu nehmen – las auf dem *baggage tag* seinen Namen und hob ihn vom Band. Dann ging er Richtung Ausgang. Was er in seiner zunehmenden Nervosität nicht bemerkt hatte, war der bunte Hawaii-Aufkleber auf der ihm abgewandten Seite, der eindeutig belegte, dass dieser Koffer nicht seiner sein konnte.

Als sich die Schiebetüren zum Ausgang öffneten, sah er Claire, die bereits mit einem Strauß roter Rosen in der Hand auf ihn wartete. Sie strahlte über das ganze Gesicht und winkte ihm zu.

Wie sehr er Claire nach über zwanzig Jahren Ehe immer noch liebte, wurde ihm einmal mehr bewusst.

Der Mittfünfziger hatte beim Check-In am Flughafen von Palma de Mallorca einen blauen Koffer aufgegeben, ein Modell, das man heutzutage gar nicht mehr so häufig sah. Das hatte er schnell erkannt, er war Experte. Eindeutig eine sehr teure Marke, was darauf schließen ließ, dass sein Besitzer nicht zu der Gruppe von britischen Touristen gehörte, die einen All-inclusive-Urlaub vor allem mit All-drinks-inclusive verwechselten. Dennoch hatte der Passagier einen Ryanair-Flug gebucht und damit im Flugzeug auf jeglichen Komfort und ausreichende Beinfreiheit verzichtet. Und das bei einer Körpergröße von mindestens einem Meter achtzig.

Vielleicht doch kein so geeignetes Opfer, aber man musste nehmen, was da war, dachte Jeremy.

Die anderen Mitreisenden waren der übliche Mix aus sonnenhungrigen jungen Familien, feierwütigen Sport- und Junggesellinnengruppen, die in ihren Koffern außer Spielsachen für die Kinder, ein paar Shorts und diverse Badesachen meist nichts Weiteres mit in den Urlaub nahmen. Auf dem Rückflug in die Heimat kamen dann Gin und andere alkoholische Getränke hinein. Nichts, was ihn wirklich reizte. Wobei es ihm gar nicht so sehr auf den Inhalt ankam, sondern auf den Nervenkitzel, den er jedesmal empfand.

Der Mann war nach der Landung in Heathrow spät aus der Maschine ausgestiegen. Jeremy hatte fast gedacht, ihn verpasst zu haben. Schließlich entdeckte er ihn am Gepäckband wieder. Die Koffer waren da leider noch nicht angekommen. Leider, denn sonst wäre er mit diesem einen schon auf und davon gewesen.Es passierte nur selten, dass er bei seiner zugegebenermaßen etwas ungewöhnlichen Leidenschaft ertappt wurde.

»Oh, sorry, da habe ich wohl versehentlich den falschen Koffer ergriffen.« Das funktionierte immer. Vor allem, wenn er dabei seine wohleingeübte Unschuldsmiene aufsetzte. Der Besitzer oder die Besitzerin des Koffers zeigte in aller Regel Verständnis für sein scheinbares Versehen und war vielmehr bald selbst damit beschäftigt, den Weg zum Ausgang zügig fortzusetzen.

»Irgendwann wirst du erwischt und landest im Gefängnis«, pflegte sein Freund Sean zu sagen. Aber Sean hatte keine Ahnung. Er war ein Pedant und außergewöhnliche Leidenschaften schienen generell nicht sein Ding zu sein.

Eher muss ich das mal mit meiner Therapeutin besprechen, ging es ihm durch den Kopf. Weil dieser Kick … er ist einfach unbeschreiblich.

Er sah, wie der blaue Hartschalenkoffer auf dem Gepäckband um die Ecke kam und der Mann abgelenkt in seiner Jackentasche kramte.

Zeit für eine Entscheidung.

Er holte seinen *Quarter*, den er für solche Gelegenheiten immer mit sich trug, aus der Hosentasche und schnippte die Münze über seinen Daumen.

Die Münze rollte auf den fremden Mann zu, wurde durch dessen rechten Schuh aufgehalten und kippte auf eine Seite. Welche es wohl diesmal sein würde?

Jeremy bekam seine Antwort. George Washington hatte für dieses Mal sein Veto eingelegt. Schade, der Koffer hatte vielversprechend ausgesehen, aber es würde andere Gelegenheiten geben. Er machte sich auf den Heimweg. Sean würde schon in ihrer Stammkneipe in North Shoreditch auf ihn warten, und es war noch ein langer Weg dorthin.

Tag 3

Die frühmorgendliche Sonne machte ein Weiterschlafen definitiv unmöglich. Sven blinzelte und zog sich die Bettdecke bis unter das Kinn, was dazu führte, dass seine Zehenspitzen unten hervorschauten.

Ein Verdunklungsrollo wäre sinnvoll, dachte er schlaftrunken. Warum gibt es nur so viele Wohnungen ohne vernünftige Außenrollos? Feli störte das nicht. Sie schlief sowieso immer mit ihrer Schlafmaske, da sie völlige Dunkelheit um sich herum haben wollte. Verdunklungsrollos wären eine Lösung. Dieser Gedanke ließ ihn trotz seiner bleischweren Müdigkeit nicht los.

Sven gähnte und streckte seinen Körper.

Wo Feli jetzt wohl ist?

Er blickte auf seinen Chronographen am Handgelenk.

Viertel nach zehn. Sie müsste inzwischen in Los Angeles eingetroffen sein.

Der Gedanke an Feli machte ihn eine Spur wacher. Die anstehende Hochzeit … in was war er da nur hineingeschlittert?

Als Feli vor ungefähr zwei Jahren neu in seine Abteilung gekommen war, hatte sie ihm gleich ausgesprochen gut gefallen. Dunkle Locken, ein bezauberndes Lachen und eine mega Figur, wie er damals schon fand. Aber sie war in einer festen Beziehung, wie sie ihm auf seine Versuche, sich außerhalb der Arbeit einmal zu treffen, klipp und klar gesagt hatte. Bei Feli hatte er nicht landen können, was nicht besonders tragisch war, denn er hatte zu diesem Zeitpunkt einige andere interessante *Optionen*. Erst als sich Feli im Sommer des letzten Jahres von ihrem Freund getrennt hatte, war er mit einem erneuten Versuch erfolgreich gewesen. Feli stürzte sich regelrecht in die Beziehung, was ihm damals etwas komisch vorkam. Sie zog Knall auf Fall in seine Wohnung ein, obwohl er damit gern noch etwas abgewartet hätte. Wie auch immer, gute Gelegenheiten musste man ergreifen, und Feli war eine solche.

Alles war überraschend reibungslos verlaufen. Feli richtete sich in seiner Wohnung schnell ein und er musste auf ihren Wunsch hin nur wenige seiner eigenen Möbel austauschen, denn Feli zog mit nur zwei Koffern voller Kleidung und wenigen Habseligkeiten ein. Anscheinend wollte sie ihre Vergangenheit schnell zurücklassen. Er hatte sie nicht näher danach gefragt. Abgesehen von einigen Ticks, die Feli offensichtlich hatte, war alles ziemlich cool, und der Sex mit ihr … der war wild und erfüllend. Für sie beide, wie Feli ihm auf seine regelmäßigen Nachfragen bestätigte.

Es hätte alles so bleiben können, wenn nicht das letztjährige Oktoberfest eine Wendung ergeben hätte, die er so nicht hatte voraussehen können.

Es war am dritten Tag des Oktoberfests passiert.

Sie waren mit einigen Kollegen und Kolleginnen aus der Firma abends in einer Box im Schottenhamelzelt gewesen. Feli und die anderen Kolleginnen hatten sich mit ihren Dirndln tüchtig aufgebrezelt und die Männer hatten dem nicht nachstehen wollen und daher zünftige Lederhosen an. Der Abend war bereits fortgeschritten, sie tanzten ausgiebig auf den Tischen und die von der Firma kostenlos abgegebenen Biermarken waren inzwischen alle restlos verbraucht. Ihre Körper waren bereits gut mit Alkohol gefüllt, die Köpfe entsprechend vernebelt. So anscheinend auch der seine.

In einer der seltenen Pausen der Blaskapelle, die stets mit einem *oans, zwoa, drei, g´suffa* eingeleitet wurden, war sein Kollege Basti auf einmal vor seiner Veronika auf die Knie gegangen und hatte ihr die magischste aller magischen Fragen gestellt. Vroni nahm – natürlich unter Tränen – an und alle staunend umherstehenden Frauen brachen danach in frenetisches Klatschen aus.

Feli allerdings stand nur stumm daneben, blickte auf den Boden und nahm verlegen einen Schluck aus ihrem fast leeren Maßkrug.

Dann war es ihm passiert.

Er konnte es wirklich selbst jetzt noch nicht anders benennen. *Es war ihm passiert.* Das, was er eigentlich für sein weiteres Leben ins Reich der Fantasie befördert hatte. Er doch nicht! Sich lebenslang an eine einzige Frau binden? Nicht mit mir, hatte er im Kreis seiner Freunde immer glaubhaft versichert. *Single forever*, auch wenn das *Single* bei ihm natürlich schon lange nicht mehr stimmte.

Wie ferngesteuert und wie unter Drogen ging er vor Feli auf die Knie und richtete jene verhängnisvolle Frage an sie: »Möchtest du meine Frau werden?«

In dem Moment, als er sich den Satz sagen hörte und das Raunen um sich herum wahrnahm, wusste er, dass er aus dieser Sache nicht mehr herauskommen würde. Die Worte waren gesagt und Feli hatte, genauso wie Vroni zuvor, *Ja* gesagt. Unter Tränen natürlich.

Er konnte sich bis heute nicht erklären, wie es dazu gekommen war. Vermutlich irgendein seltsames massenpsychologisches Verhalten. Zugzwang oder einfach Bödsinn, wie er heute fand. Er war anschließend wie geflasht gewesen und hatte sich nahezu bis zur Bewusstlosigkeit betrunken. Zumindest war das seine Annahme, da er am nächsten Morgen mit einem Mordskater aufgewacht war.

Mit schwerer Zunge hatte er Feli gefragt: »Haben wir gestern wirklich …?« Sein Satz war unvollendet geblieben. Feli hatte ihm sanft über den Kopf gestrichen und ihn dabei verliebt angesehen. Ihr Nicken hatte gereicht, um die Ereignisse des vorangegangenen

Abends glasklar zu erkennen: Er hatte Feli einen Heiratsantrag gemacht.

»Und willst du mich denn auch wirklich …?« Ein Hoffnungsschimmer war in ihm aufgeflammt.

»Natürlich will ich dich heiraten, mein Schatz.« Feli hatte ihm einen zärtlichen Kuss auf den Mund gegeben und war mit einem Sprung aufgestanden. Anscheinend hatte sie sich am Vortag – alkoholtechnisch – besser im Griff gehabt als er.

»Bleib nicht zu lange im Bett liegen, wir müssen heute zum Juwelier«, war es aus dem Badezimmer gekommen.

Sein Kopf war noch nicht aufgewacht. »Wieso?«

»Na, um den Ring auszusuchen! Oder willst du unsere Verlobung vor den anderen geheim halten?«

»Nein, nein … natürlich nicht.« Dabei waren ihm umgehend ein paar alte Freunde eingefallen, denen er die *gute Nachricht* so schnell lieber nicht hatte mitteilen wollen. Und ein paar Exfreundinnen ebenfalls.

»Ich habe alles schon durchdacht. Wir heiraten nächstes Jahr und zwar … tatatataaa … auf Hawaii. Was hältst du davon? Da wollten wir doch schon immer mal hin.«

Feli wollte da schon immer mal hin. Er eher nicht.

Wie sollte er aus dieser Situation nur wieder rauskommen? Er hatte angestrengt nachgedacht, als er wenig später unter der Dusche stand.

Bis gestern hatte er dafür keine Lösung gefunden.

Aber dann war ihm der Eyjafjallajökull zu Hilfe gekommen.

»Sven, an was denkst du gerade?«, erklang eine angenehm erotische Stimme neben ihm.

Sven drehte sich zur Seite und blickte in Katjas Gesicht. Auch ungeschminkt sah sie umwerfend aus. Er fuhr ihr fordernd durch die langen blonden Haare.

»Nichts Besonderes, lass uns noch einmal in die Verlängerung gehen.«

Sein *bestes Stück* verlangte nach Aktivität.

Katja hob ihre Bettdecke und zeigte ihm den Weg in die Verlängerung.

»Waren Sie schon einmal in Amerika?« Die ältere Dame auf dem Fensterplatz neben Feli schob die Reste der Bordverpflegung der Air France Maschine so gut es ging zur Seite und blickte Feli durch ihre übergroße Brille an.

»Ein paar Mal, ja, das ist einige Jahre her. Das war damals mit meinen Eltern, die sind aber …« Feli wollte nicht auf die schmerzhaften Details ihrer Familiengeschichte zu sprechen kommen. Der tragische Unfalltod ihrer Eltern, als sie vierzehn Jahre alt gewesen war, ging ihre Sitznachbarin nichts an. »In Kalifornien war ich bisher nicht, aber in Florida.« Und in New York letztes Jahr, aber das schluckte sie hinunter.

»Ich fliege zum ersten Mal nach Amerika«, sagte die Frau. »Mein Enkelkind besuchen.« Sie setzte sich etwas aufrechter hin und schob sichtlich stolz hinterher: »Meine Tochter lebt seit zwei Jahren in der Nähe von Santa Barbara. Sie hat gerade einen Sohn auf die Welt gebracht. Den will ich als Oma natürlich besuchen. Wollen Sie Fotos sehen?«

Feli nickte zustimmend, obwohl sie aktuell an eigene Kinder nicht dachte. Schließlich wollte sie Karriere machen. Das war mit Sven so abgesprochen. Sie hatte sich sogar firmenintern auf eine höherwertige Stelle beworben, war allerdings zum Auswahlverfahren, einem Assessment-Center irgendwo in der Nähe von Passau, nicht eingeladen worden. Terminlich wäre das auch mit ihrer Abreise nach USA kollidiert. Man kann eben nicht immer alles haben, dachte sie. Zumindest nicht alles gleichzeitig.

»Sehr süße Fotos.«

»Der Kleine heißt Sunny. Schon komisch, was für seltsame Namen in Amerika üblich sind. *Sonnig* würde man in Deutschland kein Kind nennen dürfen, oder?« Die Dame blickte Feli mit hochgezogenen Augenbrauen an.

»Sie haben recht, ich glaube nicht, dass das bei uns erlaubt wäre.« Feli reichte ihrer Sitznachbarin das Handy zurück.

»Was werden Sie in Amerika machen? Urlaub?«

»Ich werde dort heiraten, äh … wir werden heiraten. Also mein Verlobter und ich.«

»Oh, wie schön! Doch nicht etwa in dieser Glücksspielerstadt, wie heißt sie gleich …?«

»Sie meinen Las Vegas?«

»Genau.«

»Nein, nicht in Las Vegas. Wir werden auf Hawaii heiraten« *In* Hawaii hätte sie eigentlich sagen müssen, ging Feli in diesem Moment durch den Kopf.

»Ist Ihr Mann Amerikaner?«, wollte die Dame wissen und riss etwas zu schwungvoll an dem Verschluss ihrer Kaffeesahne. Die Milch spritzte auf ihre blassblaue Bluse und hinterließ einige unschöne Flecken, was sie nicht sonderlich zu stören schien.

Feli blickte fasziniert auf die Flecken auf der Bluse und begann diese zu zählen.

»Nein, mein Mann und ich sind beide aus München, aber wir wollen in Hawaii heiraten.«

»Und wo ist Ihr Zukünftiger jetzt? Ich sehe, Sie reisen allein.«

Die nächste halbe Stunde war Feli damit beschäftigt, ihrer Sitznachbarin in aller Ausführlichkeit die Geschehnisse der letzten Tage zu erzählen. Insbesondere die Angelegenheit mit dem Koffer und dem Hochzeitskleid darin war Gegenstand einiger *Ahs* und *Ohs*.

Einige Zeit später war die ältere Dame eingeschlafen.

Feli zog sich ihre Verdunkelungsmaske über die Augen und fuhr die Rückenlehne in die maximal mögliche Position nach hinten, was ein hörbares Gemurre des Mannes auf dem Sitz hinter ihr zur Folge hatte.

Die Worte der Frau hinsichtlich der *Männer im Allgemeinen* hallten bei Feli nach. »Männer heiraten Frauen in der Hoffnung, dass sich diese nie verändern – und meinen dabei meist deren Aussehen und Figur –, und Frauen heiraten Männer in der Hoffnung, sie doch noch nach ihrer Vorstellung ändern zu können – und meinen damit meist so Dinge wie deren Unaufmerksamkeit uns Frauen gegenüber … beides eine Illusion«, hatte sie mit wissendem Blick gesagt.

Ob ich Sven wohl so ändern kann, wie ich mir das wünsche?

Feli zweifelte daran. Da gab es einige Themen, die sie störten und ohne größere Mühe sofort einfielen. Seine Unordentlichkeit. Ständig musste sie ihm die Wäsche hinterherräumen. Wenn er abends ins Bad ging, schien seine Kleidung automatisch an ihm herabzugleiten und auf dem Boden liegen zu bleiben. Seine Arroganz anderen gegenüber, insbesondere Menschen, die nicht über eine akademische Ausbildung wie er verfügten. Manchmal konnte das richtig peinlich sein, so wie in der Situation mit dem Taxifahrer auf der Fahrt zum Flughafen. Der Mann mochte es glücklicherweise nicht bemerkt haben, aber Sven hatte ihn wirklich sehr abfällig behandelt. Und natürlich Svens permanentes Flirten mit anderen Frauen, selbst in ihrer Anwesenheit. Sven betrachtete das offenbar als eine Art Spiel und hörte erst dann auf, wenn er sein Zielobjekt mit Blicken erobert hatte. Mit Blicken, hoffentlich nur mit Blicken. Darauf angesprochen, hatte Sven stets seine Treue gelobt. ›Lass mich ein wenig spielen, es passiert doch nichts‹.

Sie war der Meinung, dass sie ihm diesen kleinen Freiraum lassen sollte, um ihre Beziehung nicht zu gefährden. Ob er damit wohl aufhören würde, wenn sie verheiratet wären?

Sie sah auf ihre Smartwatch. Der Countdown zeigte 6 Tage, 13 Stunden und 14 Minuten bis zur Hochzeit.

Feli schlief wenig später ein und wanderte in ihrem Traum über den Strand von Waikiki Beach auf O'ahu.

Lieber Max, ich kann mir vorstellen, dass dir eine Entscheidung nicht leichtfällt, schließlich kann ich mich sehr gut erinnern, wie schlecht es dir nach eurer Trennung ging. Ich hoffe, die Zeit hat bei dir die Wunden geheilt und du kannst Feli jetzt auf freundschaftlicher Ebene begegnen. Ich weiß, dass sie dir immer noch viel bedeutest, warum sonst hätte sie mich gebeten, mit dir Kontakt aufzunehmen und dich zu ihrer Hochzeit

einzuladen? Es wird eine Hochzeit im kleinsten Rahmen sein, nur Feli, Sven, ich und ein Freund von Sven als Trauzeuge. Und hoffentlich du … hoffe ich! Bitte spring über deinen Schatten! Das kann auch für dich einen Neubeginn bedeuten! Ich schicke dir später per Mail die genauen Daten.
Melanie

Gesendet. Die Nachricht an Max war raus und sie musste abwarten, wie er sich entscheiden würde.

Melanie klappte ihren Laptop zu und sah sich um. Alles wie immer in ihrer Küche an dem für eine einzelne Person viel zu großen Küchentisch. Damals bei der Einrichtung ihres aus den siebziger Jahren stammenden Reihenmittelhauses hatten Peter und sie diesen ovalen Küchentisch in der Absicht gekauft, dass hier bald eine Schar von Kindern sitzen würde. Peter kam aus einer kinderreichen Familie und war von der Idee, mit ihr zusammen eine eigene große Familie zu gründen, begeistert gewesen. Obwohl ihr Haus nicht allzu groß war, hatten sie die zwei im ersten Stock befindlichen Zimmer sofort als zukünftige Kinderzimmer vorgesehen und sich das Dachgeschoss als Schlafzimmer ausgebaut. Die zwei Zimmer im ersten Stock waren zunächst einmal leer geblieben. Zu lange leer. Kinder waren nie gekommen, trotz medizinischer und psychologischer Unterstützung. Sie waren nach Auffassung der Ärzte durchaus in der Lage, Kinder zu zeugen, beziehungsweise zu empfangen. Gemeinsam bekamen sie das aber nicht hin. Die vielen vergeblichen Versuche hatten an ihrer Beziehung schmerzhafte Spuren hinterlassen, und als Peter ihr eines Tages sichtlich schuldbewusst mitteilte, dass er seit einigen Wochen eine Beziehung zu einer anderen Frau habe, da war sie nicht einmal allzu überrascht gewesen.

Sie trennten sich *im Guten*, wie man das so nannte.

Peter zog noch am gleichen Tag aus. Seitdem lebte sie allein in diesem für sie viel zu großen und mit viel zu vielen unschönen Erinnerungen behafteten Haus.

Feli hatte ihr mehrfach geraten, sich in Regensburg oder München eine kleine Wohnung zu suchen und das ›Kapitel Peter‹ endlich abzuschließen.

Ihre Schwester trug ebenfalls die Last einer früheren Beziehung mit sich herum. Auch wenn sie immer abgeblockt hatte, wenn Meli auf das Thema zu sprechen kam. Gerade in letzter Zeit, seit ihrer Verlobung mit Sven, die Melanie eher als *verunglückten Ausgang des Oktoberfestes* bezeichnete. Ein Heiratsantrag von Sven? Das hätte sie ihm nun wirklich nicht zugetraut.

Wie konnte Feli nur auf diesen Selbstdarsteller hereinfallen?

Melanie schnitt eine Aprikose auf, steckte ein Stück in den Mund und biß versonnen in die pelzig-zarte Schale. Ihr Blick wanderte auf die eingerahmten Fotos auf dem

Sideboard und blieb an einem Bild hängen, auf dem Max und Feli abgebildet waren.

Max ist so ziemlich der Gegenentwurf zu Sven, ging ihr durch den Kopf. Max strebt nicht nach Dominanz in einer Beziehung. Er kann zuhören und hat eine sehr sensible Seite.

Wenn Feli mal wieder ihre *nervösen fünf Minuten* hatte, wie sie es selbst nannte, dann konnte Max einfach durch seine ruhige Ausstrahlung dazu beitragen, dass sie sich wieder beruhigte. Max war ein Meister darin, seine eigene innere Ruhe auf andere zu übertragen. Ähnlich einem Seelenheiler. Hätte er ihr doch damals einfach diesen Heiratsantrag gemacht. Dann wäre alles anders gekommen.

Melanie blickte erneut auf das Foto.

Ob Feli wohl ahnte, dass sie damals in der Schulzeit selbst in Max verliebt gewesen war?

Er fuhr mit dem Mietwagen über die Forth Road Bridge in Richtung Norden. Der Blick über den breiten Meeresarm beeindruckte ihn immer wieder aufs Neue. Schräg unter sich konnte er mehrere Containerschiffe auf ihrem Weg zu den Docks sehen. Zwischen ihnen schienen winzig kleine Fischerboote hin und her zu pendeln. Die weiter östlich gelegene imposante

Eisenbahnbrücke schimmerte in ihrer roten Farbe. Max hatte das Fenster heruntergelassen und atmete die frische Morgenluft ein. Sommer in Schottland löste in ihm stets ein wahres Glücksgefühl aus.

Max fuhr die M90 bis zur Ausfahrt Inverkeithing und bog eine Viertelstunde später in das am nördlichen Stadtrand gelegene unscheinbare Gewerbegebiet ein. Vor dem Werkstor von *Glenrothes & Co.* stoppte er seinen Wagen und stellte ihn auf dem angrenzenden Besucherparkplatz ab.

»Morning, Sir«, begrüßte ihn der mit einer gelben Warnweste bekleidete Security-Mitarbeiter, der im kleinen windschiefen Empfangshäuschen stand und ihm einen Besucherschein und einen Kugelschreiber zum Ausfüllen reichte.

»Good morning.«

Max füllte den Schein aus und gab ihn dem Wachmann zurück, der anschließend ein kurzes Telefonat führte. Wenig später konnte er das Werksgelände betreten. Da er in den Monaten zuvor bereits mehrere Male hier gewesen war, kannte er den Weg durch die verschlungenen Gassen zwischen den einzelnen Werkshallen so gut, dass er auf eine Abholung am Werkstor verzichtet hatte.

Dass sie ihn als externen Auditor einfach so allein herumlaufen ließen, wunderte ihn.

Sicherlich haben sie vor meinem Besuch wieder alle Hallen gefegt und alle Mitarbeiter genauestens instruiert, was sie mir sagen dürfen, und vor allem, was nicht, dachte er, als er die Tür des grauen Verwaltungsgebäudes öffnete und die Stufen in den ersten Stock hochstieg.

Er ging einen langen schmalen, mit grünem Teppichboden belegten Gang entlang, an dessen Seiten Büros mit blickdichten Milchglasscheiben lagen. Er blieb vor der letzten Tür stehen, an der ein Schild mit *Alexander English, Managing Director* hing. Nach ein paar Sekunden des sich Sammelns klopfte er an und trat ein.

»Welcome, Max. How was your trip?« Wie immer saß Fiona McGill, Alexander Englishs Assistentin, hinter ihrem in die Jahre gekommenen breiten Holzschreibtisch und lächelte ihn mit einem breiten Grinsen an. Das Chefvorzimmer war unübersehbar ihr Reich.

»Not too bad, indeed«, antwortete Max.

Fiona war so etwas wie das Herz des Unternehmens und sein bestes Aushängeschild dazu, und leitete den Managing Director geschickt durch die Gefahren der Business-Welt. Max hatte dies bei einem seiner früheren Besuche beim Mittagessen in der Werkskantine vom Nebentisch aufgeschnappt. Ihr Chef war erst seit gut einem Jahr im Unternehmen und hatte zuvor an der Heriot-Watt Universität in Edinburgh seinen Master in Mechanical Engineering gemacht. Viele in der vornehmlich älteren Belegschaft sahen in ihm einen Frischling, der für die leitende Position nicht über ausreichend Berufserfahrung verfügte.

Fiona hatte ebenfalls studiert, allerdings auf einem geisteswissenschaftlichen Gebiet, soweit sich Max erinnern konnte, und sich nach ihrem Studium mit einer Stelle als Assistentin begnügen müssen. Sie war intelligent, hatte die vorwiegend von Männern dominierte Welt im Betrieb schnell um ihren kleinen Finger gewickelt und war ohne Frage diejenige, die alle anderen genauestens instruiert hatte, wie die nächsten zwei Tage mit Max abzulaufen hatten. Außerdem sah sie in ihrem dunklen Zweiteiler und den zum Zopf geflochtenen, langen hellroten Haaren umwerfend aus, stellte Max nicht zum ersten Mal fest.

»Wir haben dein Programm für die kommenden Tage ausgearbeitet.« Sie reichte ihm eine dicke Mappe mit Terminplan und dazugehörigen Unterlagen. »Der Boss …«, sagte sie und zwinkerte ihm dabei verschwörerisch zu, » … erwartet dich schon. Geh einfach rein. Ich komme später auch dazu, wenn ich mit den vielen anderen Sachen hier auf meinem Schreibtisch fertig bin.«

Er nickte ihr zu, wandte sich ab und öffnete die knarzende alte Holztür zu Alexander Englishs Büro.

Der Managing Director erhob sich von seinem Schreibtischstuhl und streckte ihm die Hand entgegen.

Alexander English war ein hochgewachsener Endzwanziger mit rotblonden strubbeligen Haaren und jeder Menge Sommersprossen im Gesicht. Das Abbild eines Schotten, trotz seines Nachnamens, der ihm sicherlich jede Menge Spott hier in Schottland eingebracht hatte. Alexander hatte ihm eines Abends bei einem Bier in einem der hiesigen Pubs erzählt, dass seine Familie in fünfter Generation Schotten seien, aber davor irgendein zugereister Engländer eine seiner Vorfahrinnen geehelicht und dadurch in unsäglicher Weise den Nachnamen English in seine Familie eingeschleust habe. Er selbst würde liebend gern seinen Namen ändern und dazu sei er auf der Suche nach einer Frau mit einem für Schottland typischeren Nachnamen. Am besten einen mit der Vorsilbe *Mac*. Seine jetzige Freundin hieß unglücklicherweise Kathy O'Brian und stammte aus Irland.

Max lächelte breit. »Hi Alex, viel zu tun in diesen Tagen?«

Alexander nickte wissend und zeigte mit ausladender Geste auf das gegenüberliegende Fenster mit Blick auf die Produktionshallen.

»Jede Menge Herausforderungen, aber wir arbeiten daran, und du wirst sehen, unser neues Produkt wird am Markt einschlagen wie eine Bombe.«

Das allerdings war genau das, was Max befürchtete, seit er die Produktspezifikation gelesen hatte, die Alexander ihm einige Wochen zuvor gesendet hatte. Jede Menge Komplexität im Produkt und eine – aus Max' Sicht – unsichere Lieferkette. Einige der Vorprodukte wurden aus China angeliefert und ihm schien es, als würde *Glenrothes & Co.* sich hinsichtlich der Qualität der chinesischen Produkte reichlich naiv auf die

Zusicherungen aus Shanghai verlassen. Bei seinem letzten Besuch in Inverkeithing hatte er gefragt, ob sich Alex den Produktionsstandort seines Zulieferers in China schon einmal vor Ort angesehen habe. Seine Antwort war gewesen: »Ich habe kein Budget für so eine teure Dienstreise.«

Ein strategischer Fehler, fand Max. Genau deswegen würde er heute beim lang geplanten Anlauf des neuen Produktes sehr genau hinsehen. Dies hatte er Alex auch mitgeteilt und der wirkte auf ihn dadurch noch angespannter als sonst.

»Okay, dann lass uns keine Zeit verlieren.« Max reichte dem Managing Director die Hand.

Als Max am Spätnachmittag die Werkshallen verließ, war er um einige Erkenntnisse reicher. Für die Fertigungsplaner von *Glenrothes & Co.* würde es eine lange und arbeitsreiche Nacht werden. Sie würden eine beeindruckende Menge an notwendigen Änderungen, die er heute festgestellt hatte, bis zum nächsten Tag in ihren Fertigungsprozess zu integrieren haben. Max war sehr klar in seinen Anweisungen gewesen. Alex und seine Ingenieure hatten ihm zustimmen müssen, und die beim Produktionsanlauf in der Werkshalle stets anwesende Fiona hatte sich jede Menge notiert.

Nachdem Max sich auf der Toilette frisch gemacht hatte, ging er noch einmal in Fionas Büro.

Fiona saß – genau wie am Morgen – hinter ihrem Schreibtisch und hämmerte in die Tasten ihres Laptops. Vermutlich schrieb sie einen Bericht über den heutigen Tag für den Inhaber des Unternehmens, Alexanders Chef.

»Wir sehen uns morgen, Fiona. Ich komme zum Produktanlauf um neun.«

Fiona blickte von ihrer Tastatur auf. »Warum nicht heute Abend auf einen Drink?« Sie schob ihre langen Beine anmutig unter dem Schreibtisch hervor. Max' Blicke folgten wie ferngesteuert ihren Bewegungen. Ein lange nicht mehr gekanntes und angenehmes Kribbeln lief dabei durch seinen Körper.

»Maybe next time«, hörte er sich wie automatisch sagen und bereute es sofort, denn einen gemeinsamen Abend mit Fiona hätte er sich durchaus vorstellen können.

Aber es war zu spät, sie hatte sich bereits wieder in ihren Laptop vertieft.

Eine Stunde später saß er an der kleinen Bar seines Hotels, vor sich ein *Belhaven Ale*, eines seiner schottischen Lieblingsbiere, und las Melanies Nachricht.

Sie will wirklich, dass ich zu Felis Hochzeit komme. Aber was wird das mit mir machen, wenn ich Feli wiedersehe? Und diesen Sven, am Tag ihrer Hochzeit? Wird mich das wieder aus der Bahn werfen oder mir eher helfen, endlich mit Feli abzuschließen?

Er war sich absolut nicht sicher, wie sein Gefühlsleben darauf reagieren würde.

Darum würde Melanie auf eine Antwort warten müssen. Er musste erst einmal eine Antwort auf seine Fragen finden.

Plötzlich ploppte eine eingehende LinkedIn-Nachricht auf.

> Hi Max, ich hoffe du sitzt gerade entspannt auf deinem Sofa und trinkst ein Bier. Das macht ihr doch in good old Germany, oder? Ich mache gerade Mittagspause, heute scheint es nur langweilige Meetings mit noch langweiligeren Kollegen zu geben. Lust auf ein bisschen Chatten? Ich hätte Zeit. Was meinst du? Ich schicke dir mal meinen WhatsApp-Kontakt, freue mich, von dir zu hören. Wäre cool, wenn du Lust hättest. Bis hoffentlich gleich.
> April.

Wenig später sah Max auf WhatsApp Aprils Kontaktanfrage hereinkommen und bestätigte sie, wodurch er nun auch ein visuelles Bild von ihr hatte. Eine blonde Frau mit langen wallenden Haaren lächelte ihn vor dem Hintergrund eines Strandes an und hielt dabei ein Cocktailglas mit verlockend gelb-rötlichem Inhalt in die Kamera.

Hi April, nein, ich sitze nicht zu Hause …

Die E-Mail von Melanie, in der sie die genauen Daten zu Felis Hochzeit aufgelistet hatte, las er an diesem Abend nicht mehr.

Sie war also tatsächlich abgeflogen und saß in diesem Moment wahrscheinlich im Flugzeug irgendwo über dem Atlantik. Melanie las die letzte Nachricht ihrer Schwester und überlegte angestrengt, was das für ihre eigenen Pläne bedeutete.

Dieser Vulkanausbruch ist vielleicht eine Chance, dachte sie. Wenigstens befindet sich Sven noch in München.

Sie nahm einen Schluck des am Morgen selbst angesetzten Eistees. Der Tag war frühsommerlich warm gewesen und jetzt, am Abend, lag sie allein in ihrem großen Doppelbett im Dachgeschoss ihres Hauses.

Feli wollte die Hochzeit durchziehen, da war sie sich sicher.

Und sie hat offenbar keine gesteigerte Lust, mit mir darüber zu sprechen, ansonsten hätte sie mich zurückgerufen. Dass ihre Koffer fehlgeleitet wurden, kann mir nur recht sein.

Von Max hatte sie auch noch keine befriedigende Antwort erhalten. Sie war sich bewusst, dass sie ihn nicht aus den Augen verlieren durfte, aber sie wusste auch, dass sie ihn nicht zu sehr unter Druck setzen sollte.

Am besten, ich schreibe ihm erst morgen wieder.

Bevor Melanie das Nachtlicht ausknipste, schrieb sie eine letzte WhatsApp-Nachricht an diesem Tag.

> Liebe Feli, danke für deine Nachricht. Es ist beruhigend zu lesen, dass es dir gut geht. Das mit dem Vulkanausbruch ... was für ein Pech! Eure Koffer werden bestimmt gefunden! Bitte ruf mich an, sobald du in L.A. gelandet bist, okay? Ich muss unbedingt mit dir sprechen! Es ist WIRKLICH wichtig und hat mit deiner Hochzeit zu tun! Ich bin jetzt schon im Bett, schlaf auch du gut!
> Melanie

Einige Stunden nachdem Melanie müde und voller kreisender Gedanken eingeschlafen war, landete Felis Flugzeug um 14:10 Uhr Ortszeit auf dem Flughafen von Los Angeles. Die alte Dame auf dem Sitz neben ihr hatte ihr zum Abschied alles Gute für die Hochzeit gewünscht und nun stand Feli in der schier endlosen Schlange am Schalter von Air France. Vom Lufthansa-Service in

München gab es noch keine weitere Nachricht. Felis Gedanken schweiften zu dem Traum, den sie im Flugzeug gehabt hatte.

Was für ein seltsamer Traum. Sie war Hand in Hand mit Max abends am Strand entlangspaziert, während die Sonne am Horizont untergegangen war.

Eigentlich ganz schön kitschig, dachte sie. Postkartenidylle.

Und eigentlich auch ganz schön unfair Sven gegenüber. Denn sie war danach mit einem Gefühl tiefer Entspannung und Zufriedenheit aufgewacht, obwohl das Aufwachen eher unfreiwillig passiert war. Ihre Sitznachbarin hatte auf die Toilette gemusst und sie gebeten, dafür kurz aufzustehen.

Feli wischte den Gedanken an diesen Traum beseite, der sie eigenartig nachdenklich gemacht hatte.

Endlich war sie an der Reihe.

»Ich bedauere es außerordentlich … leider … nein, ich habe keine Informationen hinsichtlich Ihrer verlorengegangenen Koffer, aber ich kann gern bei meinem Chief Supervisor noch einmal nachfragen«, bot ihr die Air-France-Mitarbeiterin an und wirkte dabei doch sehr ratlos.

Feli winkte ab. Das machte keinen Sinn. Sie musste mit Lufthansa direkt in Kontakt treten, schließlich war Lufthansa für die Nachsendung der Koffer verantwortlich. Das würde sie später im Hotel, das sie für eine Nacht beziehen würde, erledigen.

Melanies Nachricht hatte sie während der Wartezeit in der Schlange gelesen und sich vorgenommen, ihr erst am nächsten Tag zu antworten. Prioritäten setzen war wichtig, fand sie, und außerdem war sie wegen des Jetlags hundemüde.

Von Sven war noch keine Antwort auf ihre Nachricht gekommen. Mit Antworten war er immer etwas nachlässig. Vermutlich lag er gerade im Bett und schlief.

Das tat Sven auch, allerdings nicht in dem Bett ihrer gemeinsamen Wohnung in München-Schwabing. Und nicht allein. Aber das konnte Feli auf der anderen Seite des Atlantiks natürlich nicht ahnen.

Rachid II – wenige Stunden zuvor

Rachid stutzte. Diesen Koffer hatte er schon einmal gesehen. Er zog ihn ein Stück näher zu sich heran. Ein dunkelblauer Hartschalenkoffer mit einem bunten Hawaii-Aufkleber auf der Rückseite. Den hatte er doch erst gestern, nachdem er sich mit einem anderen verhakt hatte, wieder auf das Förderband gestellt.

Nun stand der Koffer erneut am Flughafen San Jordi, in dem Raum, in dem alle an diesem Tag nicht zuordenbaren Gepäckstücke zwischengelagert wurden. Das waren eine ganze Menge, denn es kam bei den Abertausenden von Flugpassagieren nicht so selten vor, dass ein Koffer – zumindest temporär – verlorenging. Die Mitarbeiter am Lost-and-found-Schalter konnten ein Lied davon singen.

Rachid konnte sich noch sehr gut erinnern, dass dieser Koffer einem Passagier mit Zielflughafen London gehört hatte. »Leichter Koffer, wenig Inhalt, eindeutig ein Männerkoffer«, murmelte er leise vor sich hin. »Wieso muss der denn wieder neu zugeordnet werden?« Rachid sah sich den Koffer genauer an. Diesmal fehlte der Kofferanhänger, an dessen Stelle hing ein vom Flughafen Heathrow angebrachter Hinweis, dass der Koffer zurück nach Palma de Mallorca gehen solle, um dort über den Lost-and-found-Service seinem Besitzer oder seiner Besitzerin zugestellt zu werden. Da es bereits spät am Abend war, würden seine Kollegen erst am morgigen Tag in ihren Buchungssystemen und mithilfe der vorliegenden Suchanzeigen eine Identifizierung und Neuzuordnung vornehmen. Notfalls würde man dafür den Koffer öffnen, um eine Adresse, einen Namen ausfindig machen zu können.

Der Raum war auf der einen Seite gefüllt mit den Koffern, die man heute noch nicht zugeordnet hatte. Auf der anderen Seite standen die Koffer, die am nächsten Morgen durch verschiedene Fahrdienste zu ihren rechtmäßigen und bereits identifizierten Besitzern gebracht werden sollten. Mehrere Transportfahrer würden dafür in alle Richtungen Mallorcas fahren. Ein gutes Geschäft für die Fahrer und somit auch für seinen Freund Lamine, wie ihm dieser immer wieder versicherte.

»Das solltest du auch machen, Rachid. Die Touristen geben gutes Trinkgeld, weil sie so froh sind, ihre Koffer endlich zu bekommen.«

Von Trinkgeld konnte Rachid nur träumen, das gab es für ihn als einfachen Flughafenangestellten am Gepäckband natürlich nicht.

Rachid drehte den blauen Koffer noch einmal um seine Achse und gab ihm einen leichten Schubs in Richtung der anderen nicht zuordenbaren Koffer. Danach schaltete er das Licht aus und verließ den Raum im Untergeschoss des Flughafens.

Was er nicht mehr sah, war, dass der Koffer durch den leicht abschüssigen und unebenen Boden in Richtung der für den morgigen Tag zur Ausfahrt auf der Insel vorgesehenen Koffer rollte und dort zum Stehen kam.

Tag 4

In Detroit schrieb April.

> Good morning, Max, hast du gut
> geschlafen? Gestern wirkte es auf mich
> so, als wärest du ziemlich einsam. Hast
> du Lust, dass wir heute wieder
> schreiben? Dann berichte ich dir auch,
> was mir momentan echt Sorgen macht.
> Schickst du mir ein Foto von dir im Kilt?
> Die gibt es doch in Edinburgh, oder? Mal
> sehen, vielleicht sende ich dir Fotos von
> mir aus meinem letzten Urlaub auf den
> Bermudas.
> Bis bald, ich gehe jetzt ins Bett, ist schon
> nach Mitternacht hier.
> April

Sie hatte nur wenige Stunden geschlafen und der Schlaf war nicht gerade erholsam gewesen. Eigentlich hatte sie sich nur von einer Seite auf die andere gewälzt. Nach ihrer Ankunft hatte sie die Vorhänge des muffigen Zimmers im zwanzigsten Stock des Best Western Hotels zugezogen und die auf Kühlschranktemperatur eingestellte Klimaanlage ausgeschaltet, was nicht gerade zu einem geruhsamen Schlaf geführt hatte.

Die Luft im Zimmer war zunehmend stickig geworden. Auch die Zeitumstellung bei den Langstreckenflügen hatte ihr, wie früher schon, zu schaffen gemacht.

In Los Angeles war es nun später Abend, in München hingegen durch die neun Stunden Zeitunterschied Vormittag.

Ob Sven jetzt im Flugzeug nach L.A. ist? Wenn er den Flug am Tag nach mir genommen hat, müsste er eigentlich momentan irgendwo über den Atlantik sein. Mal sehen, was er mir geschrieben hat …

Feli nahm ihr Handy zur Hand und öffnete WhatsApp.

Nichts. Keine Nachricht von Sven.

Sie setzte sich abrupt auf ihrem Bett auf und schüttelte entgeistert den Kopf.

Was bitte schön denkt der sich?

> Sven, was ist los? Warum schreibst du mir nicht?

Nur Sekunden später.

Feli, ich bin immer noch in München. Du wirst es nicht glauben, mein Flug wurde storniert, kurz nachdem du von Paris aus auf dem Weg nach L.A. warst! Ich hatte keine Chance, dich zu erreichen, du warst da schon über dem Atlantik.

Feli blickte fassungslos auf ihr Smartphone.

Sven lass uns auf Videocall wechseln.

Keine fünf Sekunden später.

Geht nicht. Handykamera ist defekt

Das durfte doch nicht wahr sein! Feli schüttelte den Kopf.

Ruhe bewahren, nicht ausrasten, sagte sie sich. Tief durchatmen, auf keinen Fall die Kontrolle verlieren!

Feli, ich habe noch einmal mit der Lufthansa-Mitarbeiterin, dieser Susanne oder Sylvie ... ich weiß nicht ... gesprochen. Sie meinte, dass der nächste Flug nach L.A. morgen geht. Leider war für heute alles ausgebucht. Totales Chaos hier am Flughafen.

Es geht tatsächlich alles schief, was schiefgehen kann. *Murphy´s Law*.

> Ich hatte mir das so schön vorgestellt. Die Woche vor unserer Hochzeit entspannt und vor allem GEMEINSAM mit dir in Hawaii zu verbringen. Chillen, am Strand liegen … endlich einmal ausruhen und dann UNSER Höhepunkt … die Hochzeit am Strand unter Palmen … ich bin gerade total frustriert …

>> Schatz, ich kann dich so gut verstehen. Ich bin selbst ganz enttäuscht. Ich wäre jetzt so gern bei dir und würde dich in die Arme nehmen

Sie schluckte. Tränen liefen ihr die Wangen hinunter. Ein einziges Desaster. Sven würde nach ihrer Schnellkalkulation frühestens in zwei Tagen in L. A. eintreffen. Dann wäre sie längst auf O'ahu und vier ihrer wertvollen Urlaubstage waren dahin. Zumindest würde sie diese nicht mit Sven zusammen verbringen können. Sie konnte es nicht fassen. Ihr schöner Plan … dahin! Sie wischte sich die Tränen an ihrer Bettdecke ab und schrieb.

> Bitte komm so schnell wie möglich! Und checke das mit deinem Flug für morgen sicherheitshalber noch einmal, nicht dass

da auch wieder etwas schiefgeht!
Tausend Küsse und versprich, dass du
dich meldest, sobald du in München in
den Flieger steigst, okay?

Versprochen!

Feli war siedend heiß wieder eingefallen, dass nicht nur ihr zukünftiger Ehemann, sondern auch die drei Koffer bislang nicht eingetroffen waren. Sie musste sich schleunigst darum kümmern. Vielleicht gab es von der Lufthansa bereits eine Nachricht?

Tatsächlich.

Eine Mail von Lufthansa. Ihre Koffer befänden sich bereits am Flughafen von Los Angeles und sie könne diese wahlweise dort abholen oder direkt zum Zielflughafen nach Honolulu befördern lassen.

Lieber kein weiteres Risiko eingehen, dachte sie und antwortete auf die eingegangene E-Mail.

Ich werde morgen früh kurz vor meinem
Abflug nach Honolulu das Lost-and-
found-office aufsuchen und unsere Koffer
persönlich abholen.

Sicher ist sicher. Der Countdown auf ihrer Smartwatch zeigte noch 5 Tage, 1 Stunde und 43 Minuten bis zur Hochzeit an. Dann setzte Feli die

Schlafbrille wieder auf, um noch ein paar Stunden Schlaf zu bekommen.

Sven drehte sich zur Seite und legte sein Smartphone auf den Nachttisch. Katja schlief, es war zu früh am Morgen, um sie aufzuwecken, auch wenn er sich durchaus hätte vorstellen können, genau dies zu tun. Katja war morgens genauso aufgeschlossen für Sex wie er. Das unterschied sie von anderen Frauen. Auch von Feli, wie ihm erneut bewusst wurde.

Die Ausrede mit der defekten Handykamera war ihm zum Glück gerade noch rechtzeitig eingefallen. Nicht auszudenken, wenn Feli ihn per Videocall angerufen und er diesen unvorsichtigerweise angenommen hätte. Sie hätte sofort entdeckt, dass er nicht zu Hause in ihrem gemeinsamen Bett lag. Sie hatte nicht einmal den Audiocall gewählt, sondern es bei Textnachrichten belassen. Sein Glück! Katja wäre davon todsicher aufgewacht, und das wäre in diesem Moment ganz und gar nicht gut gewesen.

Sven blickte Katja begehrlich an. Katja ist so ganz anders als Feli. Unkompliziert. Sie fordert nichts von mir. Sie ist nicht nur super heiß, sie hat Verstand – okay, den hat Feli auch – und sie fragt nicht groß nach, wie unser Beziehungsstatus ist. Alles ganz easy. Keine Verpflichtungen, keine Eifersucht.

So war es für ihn perfekt.

Es hatte ganz locker begonnen. Katja hatte sich vor wenigen Wochen in einem Café nahe am Isartor – und natürlich nachdem sie höflich gefragt hatte – an seinen Tisch gesetzt. Sie wollte dort nur einen Kaffee trinken, aber dann waren sie beide über irgendein Thema, an das er sich gar nicht mehr erinnern konnte, miteinander ins Gespräch gekommen und noch am gleichen Abend zusammen ins Bett gestiegen. In ihrer Wohnung natürlich, zu sich hatte er sie ja schlecht einladen können. Es war das erste Mal, dass er bei einer Frau das Gefühl hatte, dass sie die Angelegenheit mehr forcierte als er. Er hatte natürlich keinen Widerstand geleistet – bei einer so verführerischen Frau wie Katja ganz sicher nicht – sie bestimmte das Tempo und er ließ sich mitziehen. Eine Erfahrung, die er bisher so noch nicht gemacht hatte.

Sven strich Katja die blonden Haare aus dem Gesicht und streichelte ihre Wangen zärtlich.

Ob ich mit Katja wohl noch schlafen kann, wenn Feli und ich verheiratet sind? Sven runzelte zweifelnd die Stirn. Ob Feli das merken würde? Frauen hatten da einen sechsten Sinn. Obwohl sie bisher anscheinend rein gar nichts bemerkt hatte.

Da sind ihre Antennen offenbar nicht auf *on*, dachte er und war darüber mehr als erleichtert.

Und ob Katja eine verdeckte Dreiecksbeziehung wohl akzeptieren würde? Sie schien die Art Frau zu sein, die das Leben genoss und nicht allzu viele Fragen stellte, solange sie ihren Spaß hatte. Genau so etwas hatte er schon immer gesucht, nur dass sie definitiv zum falschen Zeitpunkt erschienen war. Die Hochzeit! Vielleicht gab es ja doch einen Ausweg aus dieser bizarren Situation?

Hinsichtlich des Fluges in die USA hatte er nun zumindest einen weiteren Tag gewonnen, denn mit Hilfe der überaus attraktiven Simone am Lufthansa-Schalter hatte er den von Feli für ihn gebuchten Flug stornieren können. Simone hatte seine Notlage verständnisvoll aufgenommen. Er musste dazu lediglich einen kurzfristig erkrankten Bruder aus dem Hut zaubern und natürlich sein vielfach erprobtes und unwiderstehliches Lächeln einsetzen. Sie schrieb ihm danach sogar ihre private Telefonnummer auf einen Zettel – falls es mit der Buchung Probleme geben würde. Das hatte sie ihm errötend und so leise, dass es die hinter ihm stehenden Fluggäste nicht hören konnten, zugeflüstert. Er hatte momentan zwar keinen Bedarf an einer weiteren Frau, aber man konnte ja nie wissen …

Sein blauer Koffer mit Felis Hochzeitskleid befand sich momentan – aus welchen Gründen auch immer – in einer kleinen Ortschaft namens Sa Coma im Südosten Mallorcas. Dies hatte er gleich nach dem Aufwachen heute morgen festgestellt.

Dem GPS-Tracker sei Dank!

Er war einem spontanen Impuls gefolgt und hatte den Tracker unauffällig in Felis Koffer deponiert. Die Diskussion darüber hatte er sich gespart, da Feli bei solchen Sachen immer gleich die Rechtslage ›Ist das überhaupt erlaubt?‹ auf den Tisch brachte. Er war die Abkürzung gegangen. Dass der blaue Koffer noch nicht auf dem Weg in die USA war, bedeutete eine ganz neue Möglichkeit für ihn. Was, wenn dieser Koffer niemals auf O'ahu ankam? Die beiden anderen Koffer spielten in diesem Fall kein Rolle.

Dieses komische Brautkleid war Feli offenbar sehr wichtig. Sonst hätte sie nicht Stunde um Stunde in diesem Brautmodenatelier verbracht. Sven war sich ziemlich sicher, dass sie nicht in einem anderen Kleid heiraten würde.

Sie musste ja gar nicht erfahren, wo sich der Koffer mit dem Kleid aktuell befand.

Schweigen ist Gold, dachte er, drehte sich, zufrieden mit sich selbst, noch einmal um und schlief sofort wieder ein.

»Morning, Max, hattest du eine gute Nacht?«, fragte Fiona mit einem winzigen Anflug von Sarkasmus, als Max in ihr Büro trat.

Fiona vermutete offenbar, dass er sich am vergangenen Abend einen etwas zu ausgiebigen Besuch in einem der Pubs in Schottlands Hauptstadt gestattet hatte.

Damit lag sie allerdings komplett falsch. Er hatte einfach verschlafen, und das lag nicht etwa an zu viel schottischem Bier, sondern an dem langen Chat mit April bis tief in die Nacht. Sie hatten mit Business-Themen gestartet und April war eine aufmerksame Zuhörerin gewesen. Sie widerstand dem oftmals bei geschäftlichen Unterhaltungen vorherrschendem Muster, dass jeder dem anderen seine tiefe fachliche Expertise aufdrängen wollte.

Wie unglaublich entspannend das war, fand Max auch noch Stunden danach. Später waren sie dann auf private Themen gewechselt, und auch da hatte sie mit viel Einfühlungsvermögen reagiert und seine momentan fragile Gefühlswelt dank vorsichtiger Nachfragen nicht noch weiter durcheinandergebracht. April schien ein besonderer Mensch zu sein.

Schade, dass sie auf der anderen Seite des Atlantiks lebt, dachte Max, als er in Fionas fragendes Gesicht blickte.

»Max, alles in Ordnung mit dir? Du wirkst so abwesend. Und dass du mal fast eine Stunde zu spät erscheinst, ist echt ungewöhnlich. Das kenne ich so von dir nicht.« Fiona zeigte mit dem Kinn in Richtung Fenster. »Alex und das Team haben bereits angefangen … ohne dich. Du solltest dich beeilen und zu ihnen gehen. Schließlich ist es *dein* Boss, der von dir hören will, wie gut unser neues Produkt ist.« Schon hatte sie ihren Blick wieder auf ihren Laptop gesenkt und tippte vehement weiter.

Fiona hatte recht, er war zu spät dran und dafür gab es im Grunde keine Entschuldigung. Nicht, dass Alex danach fragen würde, dazu waren die Menschen zu sehr britisch, selbst hier oben in Schottland. Aber wundern würde er sich sicher, dass der sonst so pünktliche Deutsche nicht rechtzeitig aufgekreuzt war.

Einige Stunden später verließ er das Werksgelände und stieg wieder in seinen Mietwagen ein.

Er hatte seine ersten aussagekräftigen Ergebnisse. Alex und sein Team hatten in der Nacht eindeutig gute Fortschritte gemacht. Für eine abschließende Bewertung des Produkts war es allerdings noch zu früh. Am nächsten Tag würde er zurückkommen und den Fertigungsanlauf weiter begutachten. Erst dann konnte er seinen Bericht schreiben und anschließend musste sein Chef entscheiden, was zu tun war.

In Bezug auf Melanies Wunsch, zur Hochzeit in die USA zu fliegen, hatte er ebenfalls noch keine Entscheidung getroffen, das musste warten. Er war der Meinung, dass er sich nach den letzten geschäftlich sehr anstrengenden Wochen eine kleine Belohnung verdient hatte. *Stewart Christie* – exklusiver Herrenschneider in der Queen Street – war eine solche. Max fuhr mit dem Mietwagen nach Edinburgh zurück und betrat am späten Nachmittag das kleine Maßschneideratelier, das er von früheren Aufenthalten bereits kannte. Die vermutlich aus dem Jahr der Aufnahme des Geschäftsbetriebes, der bis ins 17. Jahrhundert zurückging, dezent neben der Eingangspforte hängende altertümliche Eingangsglocke erklang und ein distinguiert blickender Angestellter begrüßte ihn mit den Worten: »Mr Hausmann, what a pleasure to see you again.«

Bis zum Ladenschluss pünktlich um 6:30 p.m. – seit 1910 unverändert, wie ihm einer der Angestellten einmal stolz erklärt hatte – hatte Max eine beeindruckende Anzahl von maßgeschneiderten Hemden in Auftrag gegeben sowie eine Krawatte mit dezentem Tartanmuster erstanden. Die Lieferung der Hemden würde wie gewohnt in zwei bis drei Wochen nach München erfolgen, die Krawatte hatte er direkt mitnehmen können.

Egal, meine Tantieme wird dieses Jahr gut ausfallen, das Geschäft läuft und außerdem tut es gut, wenn man in einem Bekleidungsgeschäft als Mann ausnahmsweise einmal im Mittelpunkt steht. Wenn wir mit unseren Partnerinnen zum Shoppen unterwegs sind, ist es doch meist so, dass wir nutzlos herumstehen. Kinder gibt man im Kinderparadies ab, Hunde dürfen draußen bleiben, aber wir Männer müssen mitkommen und stehen dann doch meist nur gelangweilt und völlig nutzlos vor den Umkleidekabinen und warten auf unsere Frauen, dachte er, als er das Geschäft wieder verließ. Okay, ihm war das seit letztem Jahr nicht mehr passiert, und irgendwie machte ihn dieser Gedanke ganz und gar nicht glücklich.

Am Ende des Tages wollte Max noch zu einem Ort, den er während seines Auslandsemesters in Edinburgh häufig besucht hatte. Damals gemeinsam mit seinen Studienfreunden, allen voran Anne und James, die seitdem zu seinen besten Freunden zählten. Er stieg die grauen und ziemlich steilen Stufen in Richtung Morrison Street hinunter. In dieser Gegend zeigte sich das ursprüngliche Edinburgh, wo lange vor seiner Studienzeit schon Generationen von trinkfreudigen Studenten ihre Abende verbracht hatten.

Sein Ziel, das *Spider's Web*, war für ihn mit vielen guten Erinnerungen und Gefühlen verbunden. Das Essen war zwar immer schon legendär mittelmäßig gewesen, die Drinks dafür aber einigermaßen bezahlbar und oft spielten lokale Livebands. Das hatte für ihn und die anderen ausgereicht, den Pub als Lieblingstreffpunkt zu wählen und dort regelmäßig bis zur abendlichen Sperrstunde zu bleiben.

Das *Spider's Web* hatte sich in der Tat nicht verändert. Max setzte sich an einen der wenigen Tische im Außenbereich, die eng gedrängt auf dem schmalen Fußweg zwischen dem Gebäude und der direkt daran liegenden Straße standen, und bestellte wenig später ein *Belhaven Ale* vom Fass. Es war ein für Schottland ungewöhnlich milder Abend, tagsüber hatte es einige kurze, aber heftige Regenschauer gegeben. Jetzt am

Abend konnte man noch gut draußen vor dem Pub sitzen und die vorbeieilenden Passanten beobachten.

Die ganze Sache mit der Hochzeit ging ihm nicht aus dem Kopf.

Was, wenn er letztes Jahr in New York auf dem Empire State Building gespürt hätte, wie wichtig ihr das Thema Hochzeit war? Ihre Enttäuschung hatte er natürlich bemerkt, aber nicht verstanden, dass sie die Situation dort oben auf dem Wolkenkratzer völlig anders interpretiert hatte als er. Er wollte ihr die Schönheit New Yorks zeigen und sie anschließend in dieses exklusive Restaurant einladen. Sie hingegen hatte einen Antrag von ihm erwartet. Das klassische Missverständnis zwischen Mann und Frau, wie ihm jetzt erneut bewusst wurde.

Dabei war ihre Beziehung so harmonisch verlaufen.

Max erinnerte sich an die vielen Radtouren, die sie im Sommer – beide mit ihren Mountainbikes – entlang der Isar durch den Englischen Garten bis nach Freising gemacht hatten. Er konnte in diesem Moment der Erinnerung den Fluss und die Laubbäume entlang des Radweges förmlich riechen. Dazwischen mischte sich noch ein anderer Duft.

Einer, den er lange nicht mehr wahrgenommen hatte.

Der vertraute Duft von Feli.

Und doch wusste Max, dass dies nur in seinem Kopf abgespeichert war, denn die Realität um ihn herum sah gerade etwas anders aus: jede Menge rauchende

Studenten. Er überlegte kurz, den Tisch zu wechseln, entschied sich aber dagegen. Zu viel Aufwand, stellte er resigniert fest.

Feli hingegen würde darauf drängen, den Tisch zu wechseln.

Max blickte irritiert umher. Etwas hatte sich gerade verändert, das war zu spüren. Die Gespräche an den Nebentischen waren schlagartig wie auf ein gemeinsames Signal verstummt.

Dann sah er sie auf sich zukommen.

Ihre roten Haare und ihr tiefrotes, weit ausgeschnittenes Sommerkleid wehten im Abendwind, der wie so oft auch heute kräftig durch Edinburghs Straßen blies.

»Hi Max, tut mir leid, jetzt bin ich es, die zu spät kommt.«

Fiona gab ihm einen für eine Begrüßung unter Geschäftskollegen eindeutig zu ausgiebigen Kuss auf die Wange und streichelte dabei mit ihren schlanken Fingern fast beiläufig seinen Nacken. Ein Kribbeln strömte durch seinen Körper bis in die Zehenspitzen hinein.

Sie war seiner heutigen Einladung auf einen gemeinsamen Drink gefolgt.

Die Gespräche an den anderen Tischen blieben verstummt und alle Blicke schienen auf Fiona gerichtet zu sein. Die Männer mit weit aufgerissenen Augen, ihre Begleiterinnen mit unverhohlenem Neid.

Fiona war in diesem Moment der Mittelpunkt des *Spider´s Web*.

Wie eine Spinne in ihrem Netz hat sie alle in ihren Bann gezogen, dachte er.

Max grinste und ihn durchflutete ein Gefühl von Stolz, mit einer so atemberaubend schönen Frau den weiteren Abend verbringen zu können.

> Es könnte gar nicht besser laufen. Ich melde mich in den nächsten Tagen wieder.
> Hochachtungsvoll
> Huber

Melanie las die Zeilen und klappte ihren Laptop zu. Ich werde morgen antworten, dachte sie, und dann sehen wir weiter. Die Koffer sind verschwunden, vermutlich für immer. Sven ist noch in München. Perfekt!

Morgen werde ich den Druck auf Max erhöhen, nicht viel, nur ein klein wenig.

Sie musste aufpassen, ihn nicht zu verschrecken. Er konnte ja nicht wissen, dass er Teil ihres Plans war.

Irina – ein paar Stunden zuvor

Der Feierabendverkehr auf der Ma-19 Richtung Palma war noch in vollem Gange. Es war bereits nach acht, als Irina mit ihrem kleinen – und schon sichtbar in die Jahre gekommenen – Opel Corsa einen der vielen Touristenbusse überholte, die ebenfalls zum Flughafen San Jordi unterwegs waren. Touristen, die sonnenaufgetankt wieder in ihre dunklen nördlichen Länder zurückkehrten und dort im Kreis der daheimgebliebenen Freunde und Familien von den Schönheiten Mallorcas schwärmten.

Erstaunlicherweise waren es die gleichen Touristen, die sich zuvor am Pool über das wahlweise zu kalte oder zu warme Wasser beim Servicepersonal beklagt hatten. Oder mit dem Liegennachbarn am Morgen darüber gestritten hatten, wer von ihnen ein Anrecht darauf hatte, sein Handtuch wieder auf der selben Liege wie am

Vortag auszubreiten – natürlich meist schon vor Einnahme des Frühstücks.

Vermutlich entscheiden sich deswegen manche von ihnen, zumindest die Wohlhabenderen, für den Erwerb einer eigenen Ferienimmobilie, ging es Irina durch den Kopf. Und somit für ihr Geschäft als angestellte Immobilienmaklerin.

Irina überholte den nächsten Reisebus mit der grün-weißen Aufschrift *Roig Mallorca* in einem gewagten Überholmanöver und mittels deutlichen Überschreitens der zulässigen Höchstgeschwindigkeit. Der Fahrer eines hinter ihr fahrenden Wagens fühlte sich offenbar in seiner Männlichkeit gekränkt, betätigte energisch die Lichthupe und zeigte ihr mit hektischen Handbewegungen an, was er von ihren Fahrkünsten zu halten schien.

»¡Idiota!«, rief Irina ihm mit einem Blick in den Rückspiegel zu. »Männer! Ihr glaubt immer, ihr könntet besser Auto fahren als wir Frauen! Schon mal auf die Unfallstatistik geschaut, eh?«

Auch Pedro, ihr Ex, war einer von denjenigen gewesen, dessen Testosteronspiegel ins Unermessliche schoss, sobald er das Lenkrad seines sündhaft teuren SUVs umfasst hatte.

»Pedro, pah … Vergangenheit«, sagte sie, obwohl sie wusste, dass die Sache mit Pedro noch nicht ganz ausgestanden war. Die Wunde, wegen einer Jüngeren aussortiert worden zu sein, schmerzte.

Jeden Tag ein bisschen weniger, aber sie war immer noch da.

Dieser Koffer, der ihr in die Immobilienagentur geliefert worden war, der hatte einiges an Gefühlschaos bei ihr ausgelöst. Offensichtlich hatte ein unfähiger Mitarbeiter eines Zustellservices den Koffer nach Sa Coma gebracht und ihre Kollegin Inés hatte ihn entgegengenommen.

»Ein junger Typ, nicht unsympathisch und in Eile hat ihn mir hingestellt und gesagt, dass dies der verlorengegangene Koffer von Señora Irina sei und er diesen abgeben solle.«

Irina hatte nach ihrer Ankunft im Büro ein kurzer Blick auf den Koffer genügt, um festzustellen, dass dies nicht der ihrige war. Nicht der, der auf ihrer letzten Reise nach Deutschland vermutlich irgendwo in Frankfurt verloren gegangen war und auf den sie seit Tagen wartete. Sie hatte den fremden Koffer gleich im Büro geöffnet. Es war so einfach, denn das Kofferschloss war mit dem Allerwelts-Code 123 eingestellt.

Viele Leute machen sich erst gar nicht die Mühe, einen sicheren Code zu wählen, dachte sie dabei.

Dieser erkennbar teure Hartschalenkoffer mit dem farblich gar nicht dazu passenden und – wie sie fand – geschmacklosen Hawaii-Aufkleber, der sich aktuell im Kofferraum ihres Opel Corsas befand, beinhaltete ein weißes Hochzeitskleid. Ein wunderschönes. Eines, das sicher nicht billig war, das hatte sie auf den ersten Blick erkannt. Eher eine Einzelanfertigung. Sie selbst war in den Monaten, in denen sie mit Pedro zusammen gewesen war und Hoffnung auf eine Hochzeit mit ihm gehabt hatte, ein paar Mal durch die Hochzeitsbekleidungsgeschäfte in Palmas Altstadt gegangen. Nur schauen, nicht kaufen, so wie das die Touristen taten, die sich an verregneten Sommertagen gern die Exposés der zum Verkauf stehenden Ferienwohnungen ansahen. Und sie dann doch nicht kauften.

Der Verlockung, das Kleid einmal anzuprobieren, hatte sie heute am frühen Abend in ihrer bescheidenen Behausung nicht widerstehen können, obwohl sie beim Blick in den Spiegel umgehend ein schlechtes Gewissen beschlichen hatte. So als wäre das ihr jungfräulich erscheinende, bezaubernde weiße Hochzeitskleid dadurch für immer befleckt worden. Eiligst hatte sie es wieder ausgezogen und es anschließend sorgsam, fast liebevoll wieder in den Koffer zurückgelegt. Danach war sie zum Flughafen aufgebrochen, um den Koffer dort abzugeben. Um – wie sie inständig hoffte – sicherzustellen, dass die Frau, die sicher auf ihr Hochzeitskleid wartete, bald von ihren Sorgen erlöst würde. Irina hatte es sich aber nicht nehmen lassen, noch eine Notiz an die ihr Unbekannte mit in den Koffer zu legen. Sie hatte nicht lange überlegen müssen – die Worte an die Braut waren wie direkt aus ihrem Herzen gekommen.

Irina bog von der Ma-19 auf die Ausfahrt zum Flughafen ab, parkte den klapprigen Opel Corsa eindeutig verkehrswidrig zwischen zwei Reisebussen auf dem Vorplatz des Flughafens und schritt entschlossen mit dem blauen Hartschalenkoffer in Richtung des Lost-and-found-Schalters.

Tag 5

Feli stand mit ihrem kleinen Handgepäckkoffer in der Warteschlange für den Flug der Hawaiian Airline, der sie von Los Angeles nach Honolulu auf O'ahu bringen würde.

Ihre Stimmung befand sich aktuell deutlich im Minusbereich, was angesichts ihres Erlebnisses am Lost-and-found-Schalter eine Stunde zuvor nicht überraschend war. In der Hoffnung, dort ihre verschwundenen Koffer in Empfang nehmen zu können, war sie am frühen Morgen mit einem Taxi die kurze Distanz vom Hotel zum Flughafenterminal gefahren. Nachdem sie endlich am Schalter an die Reihe gekommen war und man ihr die für sie dort zurückgelegten Koffer übergeben wollte, hatte sie mit einem Blick festgestellt, dass zwei der Koffer die ihren waren, der dritte jedoch, der Wichtigste von allen, nicht der Koffer war, auf den sie so sehnlichst wartete. Dieser Koffer sah zwar aus wie ihrer, allerdings fehlte der bunte Hawaii-Aufkleber auf der Rückseite. Dieser Koffer hatte nie einen Aufkleber gehabt, nicht einmal Abrissspuren eines Aufklebers waren daran zu finden. Außerdem war er viel zu schwer.

»Das ist nicht meiner«, hatte sie der verdutzt dreinblickenden Mitarbeiterin am Service-Schalter erklärt. »Wo ist meiner?«, nun in einem deutlich genervten Tonfall.

Das war die alles entscheidende Frage. Eine Frage, die ihr trotz vieler »we are sorry, we will check this again, we are sure that ...« niemand mit Gewissheit hatte beantworten können.

In diesem Moment hatte Feli ernsthaft mit dem Gedanken gespielt, einfach in das nächste Flugzeug in Richtung München zu steigen und ihre Hochzeitspläne endgültig aufzugeben.

Alles läuft gegen mich. Sie hatte es nicht fassen können. Der eine machte ihr keinen Antrag, der andere, der es getan hatte, war immer noch nicht hier und ihr Hochzeitskleid auch nicht!

Feli war stinksauer, und auch der kostenlos von der bedauernswerten Servicekraft am Schalter in Aussicht gestellte Entschädigungsgutschein – bei Totalverlust in Höhe von bis zu eintausendfünfhundert Dollar – hatte die Situation nicht besser machen können. Dieses Kleid war für sie nahezu unbezahlbar. Die vielen Anprobetermine im Brautmodenatelier, das Kleid nach ihren ganz persönlichen Vorstellungen gemeinsam mit der Modedesignerin entworfen und der Preis – den sie Sven aus gutem Grund bisher verschwiegen hatte – all das machte diesen offenbar unauffindbaren blauen Koffer so unendlich wertvoll für sie.

Feli hatte den Antrag auf Entschädigung wütend zerrissen und die Papierschnipsel im nächstgelegenen Abfallbehälter entsorgt, bevor sie sich mit richtig mieser Stimmung in Richtung der Abflughalle für Inlandsflüge aufgemacht hatte.

Wenn wenigstens Sven da gewesen wäre! Feli blickte auf die in der Schlange vor ihr stehenden Flugreisenden, denen man die frohe Erwartung der Abreise in ihren vermutlich lang geplanten Urlaub nach Hawaii förmlich ansehen konnte. Nicht wenige von ihnen – vor allem die Männer – trugen grellbunte Hawaii-Hemden und auf dem Kopf Basecaps. Vereinzelt konnte Feli Passagiere entdecken, die aus billigem Plastik hergestellte Hulaketten um den Hals trugen. Eine solche, allerdings mit echten Orchideen, wollten sich Sven und sie bei ihrer Trauung am Strand gegenseitig bei ihrer Zeremonie umhängen. Als Sinnbild für ihr zukünftiges gemeinsames Leben.

Ob es das jetzt wohl noch geben wird? Feli kamen erste leise Zweifel.

Sie schloss die Augen und atmete tief durch. Sven sah alles immer lockerer als sie. Von seiner Lockerheit könnte sie nun eine Portion gut vertragen.

Feli blickte in viele glückliche Gesichter um sich herum. Nur sie selbst war in diesem Moment weit davon entfernt, glücklich zu sein.

Nicht wieder auf den Countdown schauen, wiederholte sie stumm. Ich bleibe ganz ruhig, meine Atmung fließt gleichmäßig und versorgt jede Körperzelle mit dem notwendigen Sauerstoff. Mein Kopf ist frei, alle Gedanken sind willkommen und können wie Wolken am Himmel vorbeiziehen …

Diese Autosuggestionen hatte sie in den Sitzungen mit ihrer Psychotherapeutin kennengelernt. Genau jetzt waren ihr diese wieder eingefallen und sie begannen bereits, ihre positive Wirkung auf Feli zu entfalten.

Sie wurde ruhiger und stieg wenig später in die Maschine der Hawaiian Airlines, die sie mit einer Flugzeit von knapp sechs und einer Zeitverschiebung zu München von exakt zwölf Stunden an ihr langersehntes Traumziel bringen würde.

Max öffnete die Augen und nahm einen ungewohnten weiblichen Duft im Hotelzimmer wahr.

Der vergangene Abend war anders verlaufen als geplant und – mit Blick auf die neben ihm liegende und unglaublich verführerisch duftende Frau – besser als jemals in seinen kühnsten Tagträumen erhofft.

Fiona lag auf der Seite, den Rücken ihm zugewandt, und schlief.

Der Abend hatte ausgesprochen gut begonnen. Die bewundernden Blicke, die Fiona von den benachbarten Tischen des *Spider's Web* auf sich gezogen hatte, waren ein klarer Stimmungsaufheller in seiner zuvor eher nachdenklichen Gemütsverfassung gewesen, in der er sich seit Melanies überraschender Nachricht befunden hatte.

Fiona, die er zuvor als eher geschäftlich-distanziert kennengelernt hatte, war eine großartige Erzählerin. Die Geschichten, die sie von der Jagd in den Highlands gemeinsam mit ihrem Onkel, einem echten Earl, erzählt hatte, waren aus Max' Sicht eine Mischung aus haarsträubender Räuberpistole und mystischer Sagenwelt. Da gab es Wassergeister, Kelpies genannt, den Morag, das Seeungeheuer Nessie und Zwerge, die den Menschen das Leben schwer machten. Fiona hatte diese Geschichten so erzählt, als wären sie wirklich passiert. Immer mit einem verschmitzten Lächeln auf den Lippen, wenn er mal wieder skeptisch nachgefragt hatte, ob sie sich dies nicht nur alles ausgedacht habe. Dabei hatte Fiona an diesem Abend für ihn selbst wie eine mystische Gestalt aus der Sagenwelt Schottlands ausgesehen. Ihre langen rotblonden Haare, ihre blasse Haut und ihre im Schein der spärlichen Beleuchtung ihres Tisches funkelnden hellblauen Augen hatten ihn, je länger der Abend dauerte, magisch in seinen Bann gezogen. Und Fiona konnte trinken! Er hatte bisher nie zuvor eine Frau kennengelernt, die nach so vielen

Gläsern schottischem Ale noch so standfest war wie Fiona. Ihre Stimmung schien mit jedem Glas Bier gelöster zu werden und sie hatte jede neue Geschichte noch fantastischer ausgeschmückt als die vorherige.

Je länger der Abend gedauert hatte, desto intensiver wurden ihre Blicke und irgendwann war es passiert. Sie hatten sich geküsst. Erst vorsichtig, dann immer leidenschaftlicher.

Als es draußen zunehmend kühler geworden war, hatte Fiona ihm tief in die Augen geblickt und gefragt: »Wo ist dein Hotel?«

Normalerweise wäre ihm bei einer solchen Frage das Herz in die Hose gerutscht, denn seine letzten erotischen Erfahrungen lagen fast ein Jahr zurück und hatten in der Beziehung mit Feli stattgefunden. Aber dieses Mal …

Wenig später waren sie auf dem Weg in sein Hotelzimmer gewesen.

Dort angekommen hatte er die Vorhänge zugezogen, und nur das fahle Licht der gegenüberliegenden Straßenbeleuchtung hatte durch das einzige Fenster geschimmert. Fiona ließ ihr Kleid langsam an ihrem Körper hinabgleiten, zog ihren Slip aus und stand nackt vor ihm. Sein Herzschlag bebte bei diesem Anblick, sein Verlangen ließ ihn seine Kleidung im Eiltempo auf den Boden werfen. Fiona ergriff seine Hand und zog ihn auf das Bett. Die sich dort anschließende gefühlte Vulkaneruption brachte ihn in lang vergessene

Gefühlswelten, die Fiona mehrfach zu befeuern verstand, denn sie übernahm die Führung. Sie war eine erfahrene, ja, eine fordernde Liebhaberin, die ihm zeigte, wie er ihren Körper liebkosen sollte. Ihre langen Haare strichen sanft über seine Brust, als sie auf ihm saß. Ihre Haut fühlte sich auf seinem Körper wie heiße Lava an. Ihre schlanken Finger glitten mal sanft, mal kraftvoll über seinen Rücken und hinterließen sichtbare Spuren. Sie hatten sich in dieser Nacht drei Mal geliebt und aus den Nachbarzimmern war jedes Mal ein zunehmend verärgertes Klopfen gekommen, da sich Fiona ihrer Leidenschaft lautstark und ohne Kompromisse hingegeben hatte.

Max strich ihr vorsichtig über den Rücken, um sie nicht aufzuwecken. Es war halb acht. Vor neun Uhr mussten sie nicht wieder bei *Glenrothes & Co.* eintreffen.

Getrennt eintreffen – natürlich.

Max überlegte, wie das mit Fiona weitergehen könnte. War das ein einfacher One-Night-Stand oder vielleicht sogar mehr?

Bisher kannte Max nur den umgekehrten Weg, eine Beziehung zu beginnen. Erst ein vorsichtiges Herantasten und sich Kennenlernen und dann … Mit Fiona war es genau andersherum gelaufen. Würde das eine möglicherweise entstehende Beziehung belasten?

Er wusste es nicht.

»Morning, Max, hattest du eine gute Nacht?«

Die gleiche Frage wie vor zwei Tagen.

Nur diesmal ganz sicher völlig anders gemeint, wie er erkennen konnte, als Fiona sich zu ihm umdrehte und ihm zärtlich einen Kuss auf den Mund gab.

»Das weißt du doch sicher, oder?«

Fiona nickte ihm zu und legte ihre angenehm weiche Hand auf seine Wange.

»Es war wundervoll, nicht wahr?«

Max bestätigte stumm mit einem vorsichtigen Nicken.

»Ich muss aufstehen und vor der Arbeit erst noch mal nach Hause fahren ... mich umziehen«, sagte sie. »Das Kleid von gestern Abend ist kein Outfit, in dem mich die Kollegen sehen sollten. Und vor allem nicht so zerknittert, wie es ist.« Sie zeigte auf ihr am Boden liegendes rotes Sommerkleid. »Nicht, dass die Kollegen oder gar Alex auf dumme Gedanken kommen. Das wollen wir beide nicht, oder? Das, was wir da gemacht haben, könnten Böswillige auch als versuchte Bestechung des Vertreters der Kundenfirma während eines Audits interpretieren.«

Die Idee war Max in der Tat noch gar nicht gekommen. Ob Fiona vielleicht nur deswegen mit ihm ins Bett gegangen war, weil sie sich einen besseren Abschlussbericht erhofft hatte? Oder ob sie sogar vorhatte, ihn zu erpressen?

Fiona las seine abstrusen Gedanken in seinem Gesicht. »Max, jetzt bin ich ein bisschen enttäuscht. Das glaubst du doch nicht wirklich? «Er schüttelte vehement den Kopf.

»Sorry, Fiona, die letzte Nacht war einfach wunderbar. Ich bin wohl noch etwas durcheinander. Nein, ganz klar, das wäre völliger Blödsinn!«

Sie lächelte verständnisvoll, gab ihm mit einem Seufzer einen weiteren Kuss, sah auf ihre Uhr und sagte: »Fuck, ich muss los.«

Wenig später hatte sie das Zimmer verlassen, ihr zarter Duft blieb zu Max' Freude etwas länger.

Als Max kurz vor halb neun die schmale Treppe zur Hotellobby hinunterstieg und an Hamish vorbeikam, blickte dieser ihn vielsagend an. Hamish hatte Fiona ganz offensichtlich ebenfalls die Treppe herunterkommen sehen. In Hamishs Augen war ein leichter Anflug von männlicher Anerkennung für Max zu entdecken. Das bildete sich Max zumindest ein.

Max gönnte sich ein schnelles Frühstück im Café direkt neben dem Hotel und scrollte dabei durch die Mails, die in der Nacht eingegangen waren. Sein Chef in Deutschland erwartete bis heute Abend einen *vollständigen und aussagefähigen Abschlussbericht*, wie dieser es formuliert hatte. Und da war erneut eine WhatsApp-Nachricht von April, die ihm einen guten Morgen wünschte und sich im Laufe des Tages bei ihm wieder melden wollte.

Max beschloss, April erst einmal nichts von der Nacht mit Fiona zu schreiben.

Anschließend nahm er seinen Mietwagen und fuhr erneut nach Inverkeithing, wo er pünktlich zum finalen Testlauf des neuen Produktes eintraf.

Schon beim Aufstehen hatte sie das Gefühl, dass heute ein entscheidender Tag sein würde. Feli hatte noch nicht zurückgerufen, aber so wie sie ihre Schwester einschätzte, würde ein Telefonat mit ihr vermutlich auch nicht die erhoffte Wendung herbeiführen.

Feli kann so stur sein, und das ist genau so eine Situation, in der sie *ihr Ding durchziehen* will, dachte Melanie. Also bleibt mir leider keine andere Wahl, als weiter Druck auf Max auszuüben.

Moralischen Druck.

Ihr war klar, dass Max viel am Wohlergehen von Feli lag und er sich einem von Feli geäußerten Wunsch nur schwer würde widersetzen können. So war es auch in der Beziehung der beiden gewesen. Max konnte gut nachgeben, manchmal zu gut, wie Melanie befand. Außerdem war er, selbst wenn er sich das so nicht selbst eingestanden hätte, vermutlich immer noch in Feli verliebt.

In der aktuellen zeitkritischen Situation würde das ein unschätzbarer Vorteil für ihren Plan sein.

Sie griff zu ihrem Smartphone und schrieb.

Lieber Max, ich kann verstehen, dass dir eine Entscheidung nicht leichtfällt. Ich habe noch einmal mit Feli gesprochen. Sie sagt, sie würde sich wirklich RIESIG freuen, wenn du ihr diesen großen Gefallen tun würdest! Es ist ihr Herzenswunsch, dich zu sehen.

Max, ich glaube, Feli empfindet wirklich tief in ihrem Herzen viel für dich. Ich glaube, sie ist sich dessen selbst gar nicht bewusst. Aber als Schwester kann ich das spüren. Das ist jetzt vielleicht deine letzte Gelegenheit, sie wiederzugewinnen!

Liebe Grüße,

Melanie.

Das müsste reichen. Nicht zu viel, aber doch genau die Art von moralischem Druck, auf die Max früher immer angesprochen hatte. Er würde nach Hawaii kommen, da war sie sich in diesem Augenblick sicher.

Eine ganz andere Sache war, wie Feli reagieren würde, wenn Max wirklich bei der Hochzeit auftauchen sollte. Wenn Melanie ihn quasi aus dem Hut hervorzaubern würde. Sein Erscheinen würde Feli völlig unerwartet treffen und aus dem Konzept bringen. Feli, die ihre Pläne so liebte und in der Regel mit großer Verwirrung reagierte, wenn irgendetwas diese ungeplant durcheinanderbrachte. Vermutlich würde Max' Auftauchen allein schon die Hochzeit sprengen. Das war langfristig gesehen der bessere Weg für Feli, anstatt mit

Sven in eine – aus ihrer Sicht mit größter Wahrscheinlichkeit zum Scheitern verurteilte – Ehe zu gehen.

Selbst um den Preis einer kurzfristigen und ohne Frage vehementen Erschütterung ihrer schwesterlichen Beziehung. Mit dieser Frage würde sie sich in ein paar Tagen beschäftigen.

Eins nach dem anderen, dachte sie.

Jetzt galt es zunächst einmal, Feli zu retten.

Nicht einmal einhundert Kilometer Luftlinie entfernt von Melanie saß Sven an seinem Schreibtisch im fünften Stock des beeindruckenden Firmensitzes seines Arbeitgebers und ahnte nicht, dass er und Melanie im Grunde das gleiche Ziel verfolgten.

Er war bereits am frühen Morgen, ganz untypisch für seinen sonst eher gemächlich beginnenden Einstieg in den Arbeitstag, in die Firma gefahren, um eine *Sonderschicht*, wie er es nannte, einzulegen. Er wusste, dass der Firmeninhaber Hendrick Thies besonderen Einsatz schätzte und dies nicht nur an erfolgreich durchgeführten Projekten, sondern auch den täglichen Arbeitszeiten seiner Manager festmachte. Sven hatte es sich daher zur Angewohnheit gemacht, wenigstens einmal pro Woche sehr früh am Morgen und ein bis zwei

Mal jede Woche abends lange in der Firma zu bleiben. Im Winter, wenn es früh dunkel wurde, hatte er sogar manchmal das Licht in seinem Büro angelassen, wenn er nach Hause fuhr – in der Hoffnung, der Firmenchef würde dies bemerken und als besonders großen Arbeitseinsatz interpretieren.

Feli hatte darüber immer nur den Kopf geschüttelt.

Feli.

Es waren jetzt nur noch wenige Tage bis zur Hochzeit und ihm musste endlich etwas einfallen. Viel länger konnte er eine Entscheidung nicht hinauszögern, das war ihm klar.

Seine Eltern, die er über die anstehende Hochzeit bislang nicht in Kenntnis gesetzt hatte, wollte er erst im Nachhinein informieren. Am besten telefonisch, auf gar keinen Fall persönlich von Angesicht zu Angesicht. Die erste Begegnung zwischen ihnen und Feli hatte vergangenes Weihnachten stattgefunden und war ganz und gar nicht gut verlaufen.

Er war mit Feli einen Tag vor Heiligabend mit dem Mustang nach Hamburg gefahren.

»Ich verstehe immer noch nicht, warum wir ihnen an Weihnachten nicht sagen sollen, dass wir im kommenden Juni heiraten werden?«, hatte sie ihn zum x-ten Mal gefragt.

»Meine Eltern sollen dich erst einmal völlig unvoreingenommen kennenlernen, das mit der Hochzeit können wir ihnen auch im Frühjahr sagen, schließlich ist das heute so etwas wie dein Antrittsbesuch, oder?«

»Mein *Antrittsbesuch*? Fahren wir etwa zu den Royals? Muss ich gar einen Knicks vor deinen Eltern machen?« Feli hatte schwer verärgert gewirkt. »Hey, ich glaube, du übertreibst. Das wird bestimmt alles ganz locker, du wirst schon sehen. Du willst doch immer, dass ich nicht ständig so kontrolliert bin, jetzt lass mich wenigstens einmal locker sein. Deine Eltern werden mich lieben!«

Ganz locker?, hatte er gedacht. Vermutlich ist das nicht die beste Gelegenheit mit dem *Lockersein* anzufangen.

Feli kennt meine Mutter nicht. Sie ist das Gegenteil von *ganz locker*. Distinguiert bis in die Zehenspitzen. Alter hanseatischer Geldadel, die sich beim Einkaufen mit ›Frau Konsul‹ ansprechen lässt.

Sven hatte gewusst, sie würde feststellen, dass das mit dem ›sie werden mich lieben‹ eine sehr spezielle Sache war.

»Bitte begrüße meine Mutter nicht mit *Hallo Frau von Bernsen*, sondern mit *Guten Tag* … und bitte umarme sie nicht gleich.«

Feli hatte nicht geantwortet, sondern wie abwesend auf die an ihr vorbeiziehende flache Landschaft mit ihren endlos erscheinenden Feldern geblickt.

»Feli?«

»Ja, geht klar, ich habe es verstanden. Du hast das ja heute oft genug gesagt.« Sie sah weiter aus dem

Beifahrerfenster und sah versonnen auf die Felder und Wiesen. »Guck mal, da stehen Kühe … fast wie bei uns in Bayern. Nur die Berge fehlen.«

Erst am späten Abend waren sie auf dem in einem Hamburger Nobelviertel liegenden und eindeutig standesgemäßen Anwesen seiner Familie angekommen. Ihren Verlobungsring hatte Feli da vorsichtshalber abgenommen und in die Hosentasche gesteckt und durch die Zähne gepfiffen, als sie die imposante Hofauffahrt hinaufgefahren waren.

Seine Eltern hatten wie ein Empfangskomitee vor ihrer Villa gestanden, seine Mutter einen Schritt vor seinem Vater, der in Wirklichkeit nur Honorarkonsul war.

Seine Mutter hatte ihn mit ausgestreckten Armen begrüßt und sich von ihm einen flüchtigen Begrüßungskuss auf die Wange geben lassen, bevor sie sich musternd an Feli gewandt hatte. »Sie sind also die Frau, die unseren Sohn in München hält.«

Feli war angesichts der für sie überraschend distanzierten Worte kurz sprachlos gewesen, hatte dann einen Schritt auf Svens Mutter zu gemacht und sie herzlich umarmt mit den Worten: »Hallo, ich bin die Felicitas, sie können mich Feli nennen, so wie alle meine Freunde.«

Seiner Mutter war augenblicklich das Gesicht eingefroren und ihr Körper hatte sich bei der ihr unangenehmen Umarmung sichtbar versteift.

Volltreffer. Versenkt, hatte er gedacht.

Und das gleich in der ersten Minute.

»Na, dann kommen Sie erst mal rein, Fräulein Felicitas.« Sein Vater, der die Situation hatte retten wollen, hatte sich geräuspert, Feli die Hand gereicht und sie in Richtung der Hauseingangstür davongeführt.

Seine Mutter und er waren stehengeblieben.

»Das ist deine neue … Freundin?« Die Missbilligung in ihrer Stimme war unüberhörbar gewesen. »Lass uns reingehen, es wird kalt.« Mit einem Seufzer hatte sie sich bei ihrem einzigen Sohn, auf dem ihre ganzen Erwartungen lagen, untergehakt und beide waren seinem Vater und Feli ins Haus gefolgt.

Es wurde das steifeste Weihnachtsfest, das Feli je erlebt hatte. Kein Gedanke mehr daran, ihre künftigen Schwiegereltern in die im Folgejahr geplante Hochzeit einzubinden.

Sven war sich seit diesem denkwürdigen Treffen sehr sicher, dass seine Mutter eine Heirat mit Feli nicht gutheißen würde.

Er blickte auf sein Handy. Der GPS-Tracker zeigte an, dass sich der Koffer am Flughafen von Palma de Mallorca befand. Offenbar war dieser von seinem gestrigen Standort irgendwo im Osten Mallorcas inzwischen wieder zum Flughafen transportiert worden. Somit bestand das Risiko, dass man ihn jetzt korrekt zuordnen würde. Die Mitarbeiter im Lost-and-found würden anhand des Anhängers am Koffer den Fluggast, also Feli, identifizieren und ihn dann in die USA weiterleiten.

Auf den Koffer konnte er nicht weiter setzen. Ihm musste nun selbst eine Lösung für sein Problem einfallen.

Max saß mittags vor einem labbrigen Thunfisch-Sandwich in der Kantine seines Zulieferers und las Melanies WhatsApp-Nachricht ein weiteres Mal. Seine Gefühlswelt geriet erneut ins Wanken. Noch vor wenigen Tagen hätte er diese als *weitgehend stabil* bezeichnet. Keine großen Ausschläge nach oben oder unten. Er hatte Monate gebraucht, um in diesen Zustand eines emotionalen Gleichgewichts zu gelangen. Jetzt schien diese scheinbare Stabilität auf einmal auseinanderzubrechen. Feli, die wie ein Phönix aus der Asche plötzlich und unvermutet wieder aufgetaucht war und damit alte Wunden neu aufriss. April aus Detroit, mit der sich überraschenderweise auf WhatsApp eine Vertrautheit entwickelt hatte, die er so nicht erwartet hatte. Und dann natürlich Fiona, die ihm letzte Nacht wieder aufgezeigt hatte, wie schön es sich anfühlte, körperlich miteinander zu verschmelzen. Max spürte, wie seine Gedanken um diese drei Frauen kreisten und auf der Suche nach Lösungen waren, die ihm partout nicht einfallen wollten.

Er legte das ungenießbare Sandwich auf das Tablett zurück und machte sich auf den Weg in Alexander Englishs Büro zu der für heute anberaumten Abschlussbesprechung. Das Vorzimmer, in dem sonst üblicherweise Fiona hinter ihrem Schreibtsich saß, war verlassen. Fiona war offenbar in ihrer Mittagspause.

Ob eine Beziehung mit Fiona trotz der räumlichen Distanz zwischen München und Edinburgh wohl funktionieren könnte? Würde Fiona für ihn ihr geliebtes Schottland verlassen, um zu ihm nach München zu ziehen? Oder würde es für ihn in Schottland eine berufliche Perspektive geben? Vielleicht sogar bei *Glenrothes & Co.*? Gut bezahlte Arbeitsplätze in der Industrie waren in Schottland Mangelware, und mit dem Brexit war alles noch schwieriger geworden. Ob er als EU-Bürger überhaupt so einfach eine Arbeitserlaubnis für Großbritannien erhalten würde?

Max wischte diese irritierenden Gedanken beiseite und betrat das offen stehende Büro des Managing Directors.

Als er dieses drei Stunden später wieder verließ, saß Fiona, inzwischen in einen einwandfreien Business-Dress gekleidet, wieder an ihrem Laptop und blickte ihn erwartungsvoll an.

»Was wirst du in dem Bericht an deinen Boss schreiben?«, fragte sie im Flüsterton. »Bekommen wir den Auftrag?«

Fiona machte sich Sorgen, das wusste er. Schließlich hing an diesem Auftrag für ihren Arbeitgeber eine ganze Menge. Vermutlich sogar das Weiterbestehen des gesamten Unternehmens.

»No worries, euer Team hat gute Arbeit geleistet. Nur das mit dem Zulieferer aus China … das müsst ihr enger monitoren. Da habe ich kein gutes Gefühl.« Max blieb vor Fionas Schreibtisch stehen und blickte ihr in die Augen. »Wollen wir uns heute Abend wieder treffen?«

»Max, nimm es mir nicht übel, es war wirklich wunderschön gestern Nacht … Aber heute kommt Sean, mein *boyfriend*, wieder von seiner Ölbohrplattform zurück. Er ist dort im Schichtdienst immer eine Woche auf See und dann wieder ein paar Tage an Land. Das mit uns beiden gestern war fantastisch und ich mag dich wirklich sehr, aber ich habe einen festen Freund, verstehst du? Das mit uns war eine einmalige Angelegenheit.«

Max verstand. Er war also eine *einmalige Angelegenheit* gewesen und kam sich augenblicklich wie ein Dummkopf vor.

»Klar, kein Problem. Ich fand es auch wunderbar.« Die Worte kamen schwer über seine Lippen. »Und ich verstehe das natürlich … Ich werde morgen den Bericht an meinen Chef schreiben, du bekommst davon zeitgleich eine Kopie.« Er nickte ihr zu, doch Fiona war bereits wieder in ihren Laptop vertieft.

Max verließ wenig später – um eine bittere Erfahrung reicher – das Firmengelände.

An diesem Abend hatte er keine Lust mehr, mit April zu chatten, die ihm wieder Fotos von sich gesendet hatte. Und er hatte schon gar keine Lust auf eine Konversation mit Melanie, die immer noch auf eine Antwort von ihm wartete. Zumindest eine seiner drei emotionalen Verwirrungen hatte sich gelöst. Auf eine Art und Weise, die er so nicht erwartet hatte und die ihn in seinem Stolz als Mann kränkte. Aber er hatte tief in sich drin wenigstens wieder etwas gespürt, dort wo in den vergangenen Monaten nur eine emotionale Leere gewesen war.

Sehnsucht.

Hinsichtlich der Einladung zur Hochzeit musste er heute zu keiner Entscheidung gelangen, aber er wollte endlich auf Annes und James Einladung antworten, sie auf den Orkney Inseln hoch im Norden Schottlands zu besuchen. Ihre Einladung hatten sie schon vor Wochen ausgesprochen und er hatte sie bis heute nicht beantwortet. Morgen würde er das tun. Jetzt benötigte er erst einmal eine ruhige Nacht, und zwar definitiv ganz allein in seinem Bett.

❖

Max und Moritz am Flughafen von Palma de Mallorca

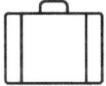

»Kinder, gebt endlich mal Ruhe«, sagte Nadine genervt und rollte mit den Augen. Sie wandte sich an Ronny, der neben ihr in der Schlange des Abfertigungsschalters von Eurowings stand. »Sag du auch mal was, ich bin es leid.«

»Max, Moritz, eure Mama hat recht. Haltet endlich mal die Klappe und kommt her! Sonst gibt es Ärger!«

»So habe ich das mit einer Ansage nicht gemeint! Wie sollen die Kinder Respekt vor dir haben, wenn du sie so anblaffst?«

»Ich dachte, ich soll …?«

»Aber doch nicht so!«

Wie sollte sie ihren beiden siebenjährigen Söhnen vermitteln, dass anstelle ihres leiblichen Vaters, von dem sie seit gut einem Jahr getrennt lebte, nun Ronny die Ersatzvaterrolle einnehmen würde, wenn er so herumschrie? Und wie vor allem sollte sie Ronny das dazu notwendige pädagogische Rüstzeug, das bei ihm nicht vorhanden war, vermitteln?

Seit bereits mehr als einer Stunde standen sie nun am Gepäckabgabeschalter von Eurowings. Es ging nur zäh voran. Das spanische Bodenpersonal war ausgerechnet heute in einen Bummelstreik getreten. Schon beim Betreten des Flughafengebäudes hatten sie sich wie erschlagen gefühlt angesichts der endlos langen Menschentrauben vor den Abfertigungsschaltern. Ob sie ihre Maschine nach Leipzig rechtzeitig erreichen würden, stand in den Sternen.

Durchatmen, sagte sich Nadine. Ein Problem nach dem anderen, sonst drehe ich noch durch.

Max und Moritz hatten bereits nach wenigen Minuten in der Warteschlange das Quengeln begonnen. Wie bei Zwillingen oft üblich, waren sie sich einig gewesen. Alles war in ihren Augen doof, und das von ihrer Mutter für sie alle vier im gesamten Urlaub ausgesprochene Handyverbot hatte ihnen eindeutig nicht gefallen. Ronny ebenfalls nicht, aber das war ein anderes Thema.

Soll ich den Kindern für die Wartezeit und den Heimflug ihre Handys zum Daddeln zurückgeben?

Die Entscheidung war nicht leicht. Inkonsequenz in der Erziehung – sie als Kinderpflegerin in einer Kita wusste das nur zu gut – gegen etwas Ruhe und geschonte eigene Nerven einzutauschen, war langfristig keine gute Erziehungsmethode. Wenngleich in diesem Moment sehr verlockend.

Ihr musste etwas einfallen.

»Max, Moritz, schaut mal da drüben, da werden gerade viele bunte Koffer auf einen Wagen geladen.«

Wenige Meter von ihnen entfernt war mehr Aktivität zu bemerken als hier in der langen Schlange am Check-In-Schalter. Zwei Mitarbeiter des Bodenpersonals waren damit beschäftigt, eine größere Anzahl von Koffern aus einem Raum herauszuholen und auf einen kleinen Elektrowagen mit zwei Anhängern zu schlichten.

Die Rettung.

»Kinder, geht doch mal dort rüber und schaut euch an, was da gemacht wird. Das ist sicher spannend.« Und ich habe ein bisschen Ruhe … aber das sagte sie lieber nicht.

Max und Moritz fanden ihre Idee offenbar gut und trollten sich davon.

»Und bleibt bitte dort, rennt nicht irgendwo anders hin«, rief sie ihnen hinterher.

Mit Kindern im Urlaub – das ist eine Strafe Gottes, dachte Nadine.

»Du, Nadine, ich habe Durst. Meinst du, ich kann mir da vorn am Eingang noch ein Bier holen?« Die Antwort kannte er bereits.

»Nö, du bleibst mal schön hier bei mir. Ich bewache nicht allein unsere vier Koffer, und Max und Moritz sollten wir auch im Blick behalten. Es ist bei ihnen so verdächtig still. Geh mal zu ihnen rüber und schau nach, dass sie keinen Mist machen.«

Murrend tat Ronny wie ihm geheißen. Diese Art von Nadines Aufträgen fand er gar nicht so gut.

Als er Max und Moritz auf dem Boden kauernd hinter einem der Anhänger entdeckte, waren sie gerade dabei, zwei der neben ihnen stehenden Koffer schwungvoll hin und her zu schieben.

»Kids, lasst den Quatsch. Mama will, dass ihr wieder zurückkommt«, sagte er, obwohl das so nicht ganz sein Auftrag gewesen war. Es war Ronny, der lieber wieder in die Warteschlange zurück wollte.

Vielleicht ergibt sich dann dort die Chance auf ein Bier, wenn Nadine die Kinder unter Kontrolle hat, dachte er.

Was Ronny in diesem Moment nicht bemerkte, war, dass Max und Moritz sich in der Zwischenzeit damit beschäftigt hatten, an einigen Koffern die *baggage tags* mit Flugnummer, Zielflughafen und Namensangabe der Passagiere zu vertauschen.

Auch an einem dunkelblauen Hartschalenkoffer.

Tag 6

Sie war am Abend zuvor mit einer weiteren
Zeitverschiebung von drei Stunden zur Pacific Time von
Los Angeles auf O'ahu, der Hauptinsel des
hawaiianischen Archipels angekommen. In Honolulus
Stadtteil Waikiki Beach war es acht Uhr morgens, also
genau zwölf Stunden Zeitunterschied zu München.
Jetlaggeschädigt besah sie sich das trostlose
Hotelzimmer, in dem sie die vergangene Nacht
verbracht hatte. Sie strich mit der Hand über die
unbenutzte Seite ihres Queensize-Bettes, schob das
dünne Bettlaken, das ihr in der Schwüle der Nacht mehr
Feind als Freund gewesen war, beiseite und setzte sich
aufrecht hin.

Die zwei Koffer, die sie am Flughafen von Los Angeles
hatte in Empfang nehmen können, standen neben ihrem
Bett. Der dunkelblaue Koffer war nicht dabei.

Ich bin angekommen, allerdings anders als geplant,
ging ihr durch den Kopf.

Die Hälfte ihres Vor-Hochzeits-Urlaubs war vorüber
und Sven befand sich immer noch nicht an ihrer Seite.

Das Hotel in einer rückwärtigen Seitenstraße von Waikiki Beach mit dem verlockend klingenden Namen *Waikiki Luxury Suites* hatte sich schon am Abend beim Check-In als allenfalls mittelmäßiges Drei-Sterne-Haus herausgestellt. Der Fotograf, der die Hotelfotos gemacht hatte, war ihrer Ansicht nach ein wahrer Meister des Weglassens und der Bildbearbeitung. Gut, für den Straßenlärm und die Geräusche der auf Hochtouren laufenden Klimaanlage des gegenüberliegenden Gebäudes konnte er nichts, Geräusche ließen sich fotografisch nicht abbilden. Was sie allerdings viel mehr ärgerte, war, dass alles in diesem Hotel nach einer umgehenden Renovierung schrie. Der Putz bröckelte an vielen Stellen von der Decke, der altersschwache Aufzug war gestern bei ihrer Ankunft wegen Reparaturarbeiten außer Betrieb gewesen. Das absolute No-Go: ein zerschlissener und in undefinierbarer dunkler Farbe gehaltener Teppichboden im gesamten Zimmer. Er reichte sogar ins angrenzende Bad. Sie hatte in der Nacht das Ungeziefer am Boden förmlich spüren können und auch deswegen schlecht geschlafen – trotz Schlafmaske und Ohrstöpsel.

Falscher Film, dachte sie. Das sollte der schönste Urlaub meines Lebens werden und er entpuppt sich immer mehr zu einem wahren Alptraum. Der Koffer weg. Der Mann auch? Vielleicht katastrophiere ich nur wieder zu viel und alles wird sich doch noch zum Guten wenden.

Das Hotelzimmer gab zu dieser Hoffnung allerdings keinen Anlass – das machte ihr kritischer Rundherumblick erneut klar. Nach Hochzeitssuite sah hier rein gar nichts aus.

Eins nach dem anderen, ihr Mantra. Jetzt half nur, die Dinge anzugehen, die wirklich wichtig waren, und das war definitiv nicht dieses Hotelzimmer, befand sie abschließend und ging ins Badezimmer, um sich den Schweiß der Nacht mit einer ausgiebigen und kühlen Dusche herunterzuspülen.

Eine halbe Stunde später – und wesentlich entspannter – saß Feli in einem Coffeeshop um die Ecke des Hotels und trank aus einem überdimensionalen Plastikbecher einen eisgekühlten *cold brew* Kaffee. Der Tag sah nach der erfrischenden Dusche schon etwas besser aus und Feli nahm sich vor, Hawaii trotz aller bisheriger Widrigkeiten dennoch von seiner schönsten Seite zu entdecken. Die tropische Sonne schien bereits in den frühen Morgenstunden hell vom Himmel, kein Wölkchen war zu sehen und die vibrierende Stimmung von Waikiki, das für so viele Menschen wie sie selbst einen Sehnsuchtsort darstellte, war zu spüren. Die Reise war, auch für Svens und ihre finanziell soliden Verhältnisse, viel zu teuer, als dass sie sich ihre Stimmung vermiesen lassen durfte.

Jedoch stand heute ein Telefonat mit Sven an, dem konnte sie nicht ausweichen, und das barg deutliches Potenzial für Ärger, das war ihr klar. Und daher beschloss sie, zunächst einmal an die weltberühmte Strandpromenade von Waikiki zu gehen. Aber nicht, ohne zuvor eine kurze WhatsApp an Sven zu schicken und ihm mitzuteilen, dass sie sich um zehn Uhr abends deutscher Zeit bei ihm melden würde.

Bis dahin ist hoffentlich meine Enttäuschung über ihn wieder auf Normalniveau, dachte sie, während sie in Richtung Strand ging.

Melanie las die Nachricht, die ihr Feli direkt nach ihrer Ankunft auf Oʻahu geschrieben hatte.

> Schwesterherz, ich bin endlich im Aloha State gelandet. Die Sonne ist bereits untergegangen. Die Schwüle ist erdrückend. Ich bin gespannt, ob ich mich daran gewöhnen werde. Das Taxi bringt mich gerade zu meinem Hotel. Die Hotelfotos im Internet waren vielversprechend! Ich weiß, dass du nicht gerade begeistert bist, dass Sven und ich heiraten werden. Mir ist klar, dass er seine Macken hat, aber welcher Mann hat die nicht? Unsere Reise steht irgendwie unter keinem guten Stern. Einer unserer Koffer, der mit dem Hochzeitskleid, ist immer noch nicht

aufgetaucht, und langsam bekomme ich
Zweifel, ob er rechtzeitig vor der Hochzeit
hier eintreffen wird. So ein Koffer kann
doch nicht so einfach verloren gehen –
dachte ich, bis ich im Internet ein wenig
recherchiert habe. Du wirst es nicht
glauben, hunderttausende Koffer gehen
jedes Jahr verloren! Sven ist noch nicht
da, müsste aber in den kommenden
Stunden in L. A. eintreffen und dann
hoffentlich mit der nächsten Maschine
nach Hawaii fliegen. Weisst du, was total
seltsam ist? Je näher die Hochzeit
kommt, umso häufiger denke ich an Max.
Komisch, oder? Wo ich doch seit einem
Jahr keinerlei Kontakt zu ihm habe. Was
er wohl macht? Im Prinzip kann mir das
eigentlich egal sein, trotzdem …
Ich drücke dich ganz fest aus 12.000
Kilometern Entfernung – das habe ich
heute herausgefunden– Google sei Dank.
Feli

Sie nippte an ihrem Wein. Eine Träne lief ihr die
Wange hinunter.

Ob ich das Richtige tue?

Zum ersten Mal, seitdem sie sich entschlossen hatte,
Felis Hochzeit zu verhindern und Feli, wie sie es nannte,
aus den Klauen dieses Miststücks Sven zu befreien, spürte sie
so etwas wie Gewissensbisse. Was, wenn ich mit meiner
Handlung Felis Glück zerstöre? Vielleicht liebt sie Sven

ja doch mehr, als ich vermute? Vielleicht kann sie ihn ja doch noch irgendwie hinbiegen?

Melanie schüttelte diese Gedanken schnell ab. »Quatsch mit Soße«, sagte sie zu sich selbst. Wenn Feli wüsste, was ich über Sven in Erfahrung gebracht habe, dann würde sie ihn zum Teufel jagen.

Garantiert!

Schluss mit lustig! Keine Hochzeit!

Sie schrieb eine Nachricht, die diesmal weder an Feli noch an Max gerichtet war.

Max schlenderte die Queen Street entlang auf dem Weg zu seinem letzten Abendessen in Edinburgh. Sein Auftrag war abgeschlossen und morgen würde er die Stadt verlassen – wohin, das wusste er immer noch nicht.

Das *Café Andaluz* lag eine halbe Stunde Fußmarsch von seinem Hotel entfernt.

Er hatte das spanische Restaurant bei einem seiner früheren Aufenthalte kennengelernt. Darüber hinaus bot ihm der kurze Spaziergang eine gute Gelegenheit, über seine emotionalen Verwirrungen nachzudenken.

Den Vormittag hatte er damit verbracht, den Abschlussbericht an seinen Chef fertigzustellen. Die Empfehlung, die er gegeben hatte, würde Alex und sein Team sicherlich zufriedenstellen. Vielleicht nicht hundertprozentig, denn da war immer noch das Problem mit dem Zulieferer aus China – ein strategisches Risiko. So hatte er es in seinem Bericht geschrieben. Insgesamt überzeugte das neue Produkt von *Glenrothes & Co.* jedoch. Ein bisschen *goodwill* gab er in seinem Bericht dazu, den musste man bei einem langjährigen und zuverlässigen Zulieferer mit einbeziehen.

Er nahm seine Aufgabe als Auditor genauso ernst wie immer. Auch wenn sein neuer Chef das manchmal anders zu sehen schien. »Du musst mehr Druck machen, Max, du machst zu viele Zugeständnisse. Bring sie an ihre Leistungsgrenze, quetsch sie aus!« Das war das Feedback seines Chefs nach dem letzten Audit gewesen.

Lieferanten waren Partner, dachte er, die haben selbst genug Druck und müssen auf einem hart umkämpften Zuliefermarkt bestehen. Durch den Preisdruck, der auch von seinem eigenen Unternehmen ständig erhöht wurde, mussten sie ums Überleben kämpfen. Die Zeiten, in denen Zulieferer einträgliche Margen hatte, waren seit Jahren vorbei.

Max kam am Stockbridge Market vorbei, der um diese Uhrzeit bereits geschlossen war, und überquerte den gemächlich vor sich hinfließenden *Water of Leith*. Er hatte bereits am Mittag eine Reservierung im Restaurant vorgenommen und der Mann am Telefon hatte erstaunt nachgefragt. »Only one person, is that correct?« So als wäre das ungewöhnlich. Als vielreisender

Geschäftsmann war er es gewohnt, abends allein zu essen.

Tja, inzwischen bin ich das auch privat gewohnt, dachte er. Und das fühlt sich gerade jetzt nicht gut an.

Im Restaurant angekommen, welches in typisch andalusischem Stil eingerichtet war, wurde Max ein kleiner Ecktisch im hinteren Bereich angeboten. Nicht seine erste Wahl, aber angesichts der vielen Gäste verzichtete er auf eine langwierige Diskussion mit dem Kellner. Er willigte ein und nahm Platz.

Dann ging er den heutigen Tag noch einmal durch.

Nachdem er mittags den Bericht an seinen Chef fertiggestellt hatte – eine Kopie ging wie am Vortag versprochen an Fiona – hatte er sich den Rest des Tages freigenommen und war zu Fuß auf den *Arthur´s Seat* gewandert, den über 250 Meter hohen Hausberg Edinburghs. Eine Wanderung von insgesamt drei Stunden und bei einer für Schottland standesgemäßen Wettermischung aus Sonne, Wind und Regen. Er erinnerte sich, dass sein Studienfreund James ihm einmal erzählt hatte, dass man in Schottland an einem Tag alle vier Jahreszeiten zusammen erleben könne. Mit dreien davon machte er auf seiner nachmittäglichen Wanderung Bekanntschaft. Nur Schnee fiel nicht.

Auch wenn der Aufstieg beschwerlich war, der Ausblick von oben auf das darunter liegende Edinburgh hatte ihn erneut in seinen Bann gezogen. Der Wind pfiff ihm beim Aufstieg durch seine zu dünne Jacke und er zog die Kaputze fest, um nicht noch nasser zu werden. Der Juni entwickelte sich dieses Jahr zu einem der kältesten und regenreichsten der vergangenen Dekade, so stand es in der heutigen Internetausgabe des *Scotsman*. Max hatte dieses ihm so unverfälscht erscheinende, raue schottische Wetter schon immer geliebt.

Der Kellner kam und nahm seine Bestellung auf – eine Platte mit Tapas-Variationen und ein Glas Rioja.

Während er eine Weißbrotscheibe in das Schälchen mit Aioli tunkte, dachte er an den Bericht über eine archäologische Ausgrabung auf den Orkney Inseln, den er heute Morgen im *Scotsman* entdeckte hatte. Außerhalb der bereits bekannten steinzeitlichen Siedlung von *Skara Brae* war man auf weitere Gräber aus der Jungsteinzeit gestoßen. Eine Sensation, wie die Zeitung schrieb. Allerdings war für den *Scotsman* grundsätzlich alles, was in Schottland passierte, eine Sensation, das wusste Max. Dennoch schien es sich in diesem Fall um etwas wirklich Großes zu handeln. Die Ausgrabungen wurden vor Ort von Anne Harkins, einer schottischen Archäologin geleitet, hieß es.

Anne, seine Studienfreundin.

Max genoss die inzwischen servierten Tapas-Variationen; die Pimientos waren zart, die Albondigas in einer würzigen Tomatensauce genau so, wie er sie liebte, und der Queso Manchego ein Gedicht. Dennoch bemerkte er, dass ihm seine innere Ruhe durch die Ereignisse der Vortage abhandengekommen war, und die zunehmende Lautstärke im prall gefüllten Restaurant trug nicht dazu bei, hier länger verweilen zu wollen. Er zahlte und verließ das *Café Andaluz.*

Auf dem Weg zurück ins Hotel kam er an einem Reisebüro vorbei, das für Urlaub in Schottland warb – mit einem Foto der St. Magnus Kathedrale in Kirkwall. Diese stand im kleinen Hauptort einer der Orkney Inseln.

Als er das Hotel betrat, zog Hamish ihn zur Seite, zauberte eine Flasche Whisky unter dem Tresen hervor und sagte mit verschmitzter Miene: »Gorgeous, that young lady«, was seine tiefe Bewunderung für Fiona ausdrücken sollte.

Der Trinkspruch wurde auf alle schönen Frauen dieser Welt erhoben. Und insbesondere auf Feli ... ergänzte Max in Gedanken. Der Whisky war vermutlich einer der besten von Hamish, ein *Highland Park,* einundzwanzig Jahre alt. Er schmeckte kraftvoll und dennoch mild und nur leicht torfig und ... er war von den Orkney Inseln.

»Du solltest da mal hinfahren. Ist am Ende der Welt, aber das erdet einen unglaublich«, sagte Hamish noch bedeutungsschwanger.

Als er in sein Zimmer hoch ging, fiel ihm auf, dass alles auf Orkney hinzuweisen schien. Ein Zeichen? Wenn er dem Ruf folgen würde, bedeutete das, er könnte Anne und James wiedersehen. Seine Studienfreunde aus

Edinburgh, beide Schotten und auf den Orkney Inseln geboren.

Anne arbeitete offensichtlich an dieser neuen steinzeitlichen Ausgrabungsstätte mit. James hingegen war als Ornithologe mehr an lebenden Wesen interessiert und hatte sich auf das Verhalten der Papageientaucher spezialisiert. Max hatte die beiden jahrelang nicht mehr gesehen und war noch immer eine Antwort auf ihre Einladung schuldig.

Heute hatte er das Gefühl, dass ihm das Schicksal, oder wie man es auch immer nennen wollte, seinen Weg aufzuzeigen schien.

Warum nicht? Ich habe genug Überstunden gemacht, mein Bericht ist fertig und das nächste Projekt startet erst in vier Wochen. Genug Zeit, um mal auszuspannen und Freunde zu besuchen.

Und um nachzudenken, ob ich Felis Einladung annehmen soll und was ein mögliches Treffen mit meinen Gefühlen macht.

Er schrieb eine Mail an seine Freunde.

Liebe Anne und lieber James, es ist viel zu lange her, dass wir uns gesehen haben. Schande über mein Haupt! Falls ich euch nicht gerade bei einer Ausgrabung oder der Entdeckung einer neuen Vogelart störe, würde ich mich gleich morgen auf den Weg machen und euch für ein oder

zwei Tage (oder länger, wenn ihr es mit
mir aushaltet) besuchen. Was meint ihr?
Max

Es fühlte sich gut an. Und ja, Max freute sich mit einem
Mal auf das Wiedersehen mit den beiden.

Dann sah er, dass eine neue Nachricht von April
eingegangen war.

Max, ich bin in einer schwierigen
Situation. Es gibt bei uns in der Firma eine
große Entlassungswelle und mein Boss
hat mir gekündigt! Du kennst das System
bei uns in den USA. Keine
Krankenversicherung mehr, und dabei
steht eine lange schon geplante
Operation bei mir an. Ich wollte dich
nicht unnötig mit meinen Problemen
belasten, aber ich glaube, du bist im
Moment der einzige Mensch auf der
Welt, dem ich Vertrauen schenke und der
mir jetzt noch helfen kann. Ich benötige
dringend etwas Geld. Nur geliehen, ich
will keine Almosen, und glaube mir, es
fällt mir sehr schwer, dich darum zu
bitten …

April scheint wirklich in einer Notlage zu sein. Was
würde ich in so einer Situation tun?

Diese Gedanken strömten, wie zuvor der Wein es getan hatte, schwungvoll durch seinen Kopf, ohne Lösungen zu finden.

Bevor er eine Antwort formulieren konnte, erschien die Rückmeldung seines Freundes James, der ihm mitteilte, dass er und Anne sich riesig freuen würden und ihn natürlich morgen – egal zu welcher Uhrzeit – am Fähranleger des Hafens in Stromness auf Orkney abholen würden.

Max legte sich ins Bett, schaltete das Licht der Nachttischlampe aus und war bald darauf eingeschlafen.

Feli betrachtete die in der Sonne glänzende Bronzestatue am Kuhio Beach.

Da ist sie also, die hawaiianische Surf-Legende, ging ihr beim Betrachten der mit einer Vielzahl prachtvoller Hulagirlanden behängten übergroßen Statue von Duke Kahanamoku durch den Kopf.

Wie sie inzwischen wusste, wurde er als Begründer des modernen Surfens bezeichnet. Mehrere Olympiasiege im Schwimmen sowie eine spätere Vermarktung als Botschafter des hawaiianischen Tourismus hatten ihn zur Legende gemacht. Duke Kahanamoku, von allen einfach *Duke* genannt, war zu seiner Zeit ein Star gewesen, das hatte Feli während ihres vierstündigen Fluges von L.A. nach Honolulu im Bordprogramm der Hawaiian Airlines erfahren. Der Film *Waterman – The Life of Duke Kahanamoku* hatte sie schwer beeindruckt und neugierig gemacht auf diesen Menschen und seine Geschichte. Seine Statue stand hier am Strand und so zentral, dass man fast zwangsläufig daran vorbeikommen musste.

Die Straßen rund um Waikiki Beach waren frühmorgens schon mit zahlreichen vor allem amerikanischen Touristen bevölkert, die zum Strand zu pilgern schienen.

Aufgrund der Zeitverschiebung von mindestens drei Stunden vom amerikanischen Festland zum Hawaii Archipel waren die meisten von ihnen bereits – ungewollt früh – aufgestanden. Der Wetterbericht sagte für heute wieder dreißig Grad vorher und dem Breitengrad entsprechend eine sehr hohe Luftfeuchtigkeit.

Feli nahm eine der bunten Girlanden des *Duke* vorsichtig in die Hände. Echte Orchideen, mit einer Nadel eng aneinander auf einen Faden gezogen und wunderbar zart duftend.

Solche Hulagirlanden werden wir uns bei unserer Zeremonie umhängen, dachte sie. Ich muss meine To - Do - Liste unbedingt checken und mich heute noch informieren, wo ich sie kaufen kann.

Sie blickte auf ihre Smartwatch. 3 Tage, 18 Stunden und 31 Minuten bis zur Hochzeit. Was natürlich nicht ganz stimmte, denn ihr wurde bewusst, dass sie den Countdown nach Münchner Zeitrechnung eingestellt hatte, die zwölf Stunden Zeitverschiebung musste sie noch einberechnen. Zwölf Stunden zusätzlich, die wir haben, um den Koffer zu erhalten, und zwölf Stunden mehr für Sven, endlich anzukommen. Sie korrigierte den Countdown ihrer Uhr auf 4 Tage, 6 Stunden und 31 Minuten *neuer* Zeitrechnung.

Feli verabschiedete sich vom *Duke* und versprach, mit Sven wiederzukommen, um an der Statue Hochzeitsfotos zu machen. Es erschien ihr ein würdiger Ort dafür zu sein. Sie ging die paar Schritte zum Strand, zog ihre Sneaker aus und trat auf den morgendlich angenehm kühlen Sand. Einen Moment blieb sie dort regungslos stehen und genoss das Gefühl, wie die weichen Sandkörner durch ihre Zehen hindurchrieselten. Sie schloss die Augen und atmete die feuchtwürzige Meeresluft tief in ihre Lungen ein. Ein Gefühl von Ruhe und Entspannung machte sich nach und nach in jeder Zelle ihres Körpers breit und verdrängte die Anspannung der vergangenen Tage.

Entspannung pur!

Fast widerwillig öffnete sie die Augen und erblickte seitlich von sich einen mit Palmenblättern überdachten Informationsstand, der von einer Vielzahl verschieden großer und bunter Surfbretter umgeben war.

»Warum eigentlich nicht?«, murmelte sie. »Mal etwas tun, das nicht auf meiner To-Do-Liste steht.« Sie ging auf einen sonnengebräunten jungen Mann mit nach hinten gedrehter Basecap zu, der gerade dabei war, eines der Surfbretter zu wachsen.

»Hi, ich interessiere mich für eine Surfstunde. Bin ich hier richtig?«

Der junge Mann drehte sich zu ihr um und strahlte sie mit einem breiten Lächeln an, das nur amerikanische Jungs von der Westküste oder eben Surflehrer in dieser Intensität im Repertoire hatten.

»Aloha – I'm Sid«, sagte er. »Du hast Glück, mich gefunden zu haben. Klar kann ich dir Surfen beibringen.«

Sein Blick sagte ihr, dass er vermutlich Interesse hatte, ihr auch noch einiges mehr ›beizubringen‹, doch darauf war sie nicht aus.

»Ich würde es gern einmal versuchen. Hättest du morgen eine Stunde für mich? Ich bin aber Anfängerin.«

Wenig später schlenderte Feli die am Strand entlangführende Kalakaua Avenue entlang und bestaunte die bunten Auslagen der unzähligen Luxusmarkengeschäfte, in ihrer Hand der Zettel mit dem Termin für ihre Surfstunde. Sid hatte es nicht versäumt, seine private Telefonnummer auf die Rückseite des kleinen Kärtchens zu schreiben. Versehen mit dem Hinweis, dass sie ihn *jederzeit* anrufen könne, wenn sie irgendetwas brauche. Sie kannte diese Art junger Männer nur zu gut.

Viel Testosteron unten, wenig Hirn oben, dachte sie und lächelte amüsiert, während sie mit offenem Mund die Preise für die neue Prada-Kollektion in den Auslagen einer der exklusiven Modeboutiquen bestaunte.

Am Flughafen von München bekam Evi Schwanhäuser, langjährige Mitarbeiterin des Lost-and-found-Schalters der Lufthansa, in ihrer Abendschicht im Call-Center eine Mitteilung einer Kollegin von Air France aus Paris.

Vorgang AF 156-B1
Wir sind leider nicht in der Lage, das fehlende Gepäckstück des Flugpassagiers Felicitas Mayrhofer, gebucht AF 156 von Paris nach Los Angeles, zu identifizieren. Da der Ausgangsflug mit Lufthansa, Abflug München, stattgefunden hat, sehen wir uns nicht in der Verantwortung.
Mit kollegialen Grüßen aus Paris
Claire Dupont
Senior Customer Manager Air France

Die Kollegen und Kolleginnen von Air France machen es sich mal wieder leicht, dachte Evi und rief den Vorgang im System auf.

Stirnrunzelnd verfolgte sie den Reiseverlauf. Erst das Chaos mit dem Vulkanausbruch, die Umbuchung eines der beiden Passagiere über Paris. Zwei Koffer inzwischen in Los Angeles ausgehändigt. Ein weiterer am Flughafen von Palma de Mallorca aufgefunden. Dieser wurde korrekt nach München zurückgeschickt, war dann aber erneut verschwunden. Wie konnte das sein? Ein Koffer, der zweimal verschwand? Das hatte sie in ihrer fast zwanzigjährigen Berufslaufbahn bei Lufthansa noch nicht erlebt. Genauso seltsam war: Der zweite Passagier war offenbar gar nicht abgeflogen. Dessen Buchung lautete *standby*, zumindest stand es so im System. Ziemlich verworren das Ganze.

Sie machte sich von den Unterlagen Screenshots und sendete diese an ihre Teamleiterin. Sollte die sich morgen zu Dienstbeginn darum kümmern.

»Bist du schon in Los Angeles gelandet?«, fragte Feli, als sie Sven endlich am Telefon hatte.

»Noch nicht«, kam es zögerlich und leise zurück.

»Du musst lauter sprechen, ich kann dich kaum verstehen. Ich sitze in einem Café an der Straße und es ist ziemlich viel Verkehr hier.«

»Warte mal, ich gehe kurz ins Nebenzimmer … so, jetzt geht es besser.«

»Ich wollte wissen, ob du schon in Los Angeles angekommen bist?« Feli hob ihre Stimme an, um gegen den geräuschvollen Straßenverkehr von Waikiki eine Chance auf Verständigung mit Sven zu haben.

»Bitte reg dich nicht auf, ja? Aber ich bin immer noch in München.«

Schweigen auf der anderen Seite.

»Sven, das darf jetzt nicht wirklich wahr sein! Sag, dass du einen Scherz machst! Den machst du doch, oder?« Feli war den Tränen nahe.

»Schatz, es ging einfach nicht. Du wirst es nicht glauben, der Alte hat mitbekommen, dass ich bisher gar nicht in den Urlaub fliegen konnte, und hat mir gleich ein paar dringende Sonderaufgaben gegeben, die bis morgen Abend fertig sein müssen. Ich habe das alles mit Lufthansa geklärt, ich könnte übermorgen fliegen und bin dann rechtzeitig vor unserer Hochzeit auf Hawaii.«

Er hat schon wieder *auf* Hawaii gesagt. Feli schüttelte vehement den Kopf – was für ein unnützer Gedanke in diesem Moment! Ob *in* oder *auf* Hawaii … hier ging es um etwas ganz anderes: ihre gemeinsame Hochzeit! Und Sven schien das ganz locker zu sehen. Da kommt er halt einfach ein bisschen später! Nur ein paar Tage! Tage, die sie gemeinsam verbringen wollten und an deren krönenden Abschluss ihre Hochzeit stehen sollte.

»Arrrr … ich dreh gleich durch!«

»Schatz, wir bekommen das alles hin, du wirst sehen.«

»Sven, ich bin … sprachlos … nein … fassungslos! Der Koffer mit meinem Hochzeitskleid ist verschwunden, keiner konnte mir bisher sagen, wo er ist und ob er überhaupt ankommen wird. Du bist noch in München, und wenn dir Herr Thies morgen im Büro wieder über den Weg laufen sollte und weitere dringende Sonderaufgaben für dich hat, was wirst du dann machen? Ich bin so enttäuscht von dir! Ich weiß gar nicht, ob das mit der Hochzeit noch so eine gute Idee ist …« Dieser gewichtige Satz rutschte ihr zum ersten Mal über die Lippen.

Jetzt war es Sven, der schwieg.

»Hör zu, du setzt jetzt alle Hebel in Bewegung und machst diesen Mist für unseren Chef fertig. Und wenn du …«, Feli blickte auf ihre Uhr, »… dafür die ganze Nacht durcharbeiten musst! Anschließend buchst du den ersten Flieger in die USA. Mir ist völlig egal, ob der über London, Paris oder sonstwo geht. Hauptsache, du kommst endlich hierher!« Sie hatte sich regelrecht in Rage geredet. »Wo bist du überhaupt?«

»Im Büro.« Sven wusste aus Erfahrung, dass es nach emotionalen Gefühlsausbrüchen von Feli besser war, keine zusätzliche Angriffsfläche zu bieten. Das Büro war ihm spontan eingefallen und barg wenig Risikopotential.

»Im Büro? Um zwanzig vor elf?«

»Der Alte will Einsatz sehen und den zeige ich ihm. Deswegen bin ich nicht zu Hause im Homeoffice. Hier kann er mich sehen. Er arbeitet ja selbst nachts.«

»Okay … ich bin wirklich total erschöpft. Für heute ist alles gesagt.« Feli legte wenig später auf und die Tränen flossen genauso schnell, wie der vorbeiziehende Straßenverkehr das tat.

»Wer war das am Telefon?«, fragte Katja von der Küchentür aus.

»Geschäftspartner. Ein Projekt hat gerade Schieflage und droht zu scheitern.«

Mit der Aussage traf er den Nagel auf den Kopf.

»Du solltest abends nicht so lange arbeiten.« Sie ging auf ihn zu und schmiegte sich eng an ihn. »Du bist viel zu verantwortungsbewusst. Komm, lass uns wieder rübergehen …«

An diesem Abend hatte Sven ausnahmsweise mal keine Lust auf Sex. Was, wenn er genau der unzuverlässige Kerl war, für den Feli ihn hielt?

Hätte Sven an diesem Abend noch auf die App seines GPS-Koffertrackers geblickt, hätte er erkennen können, dass sich der vermisste blauer Koffer gerade ganz in seiner Nähe befand. Lediglich ein paar tausend Meter von ihm entfernt – allerdings in vertikaler Richtung – in einem zur Landung ansetzenden Flugzeug.

Julia

Was fange ich nur mit diesem Koffer an? Und mit diesem Hochzeitskleid?

Julia saß auf dem Bett des kleinen Hotelzimmers und legte den Kopf zwischen ihre Hände. Ich bin aufgeschmissen, ging ihr durch den Kopf. Am besten ich fahre sofort nach Hause.

Sie war abends mit dem verspäteten Flugzeug aus Mallorca am Flughafen in München angekommen. Da die Gepäckabfertigung in München aus Solidarität mit dem streikenden Bodenpersonal am Flughafen in Palma ebenfalls nur sehr verlangsamt arbeitete, hatte man ihr angeboten, ihr Gepäck zeitnah mit einem Shuttle-Service an eine von ihr gewünschte Adresse nachzuliefern.

So weit so gut.

Julia war sowieso spät dran gewesen und ihr Termin, den sie in einem abgelegenen Hotel irgendwo zwischen München und Regensburg hatte, stand kurz bevor.

Von einem Taxi ließ sie sich zum Hotel bringen, in dem das Assessment-Center eines weltweit führenden mittelständischen Unternehmens der Medizintechnik stattfinden sollte.

Es ging um die Position der Marketingdirektorin des Unternehmens mit Sitz in München. Sie und weitere fünf externe Kandidaten und Kandidatinnen waren aus einer größeren Gruppe von Bewerbern ausgewählt worden. Eine Art moderner Gladiatorenkampf – so hatte es ihr Freund Josh bezeichnet. Verschiedene Aufgaben, Gruppendiskussionen, vermutlich ein obligatorischer Intelligenztest und weitere Übungen würden auf sie zukommen.

Julia hatte sich in den letzten Wochen gut vorbereitet und ihre Freundin Charlotte, die in einer Personalabteilung arbeitete, um Unterstützung gebeten. Charlotte war in ihrem Unternehmen für das Recruiting verantwortlich und kannte sich mit den üblichen Auswahlverfahren gut aus. »Ein Assessment-Center ist aber ziemlich *old school*«, hatte Charlotte gesagt, als sie ihr von der Einladung erzählte.

»*Old school* und außerdem schau ich ganz schön alt aus der Wäsche«, sagte sie zu sich, während sie immer noch auf den geöffneten Koffer neben sich blickte. Der *baggage tag* am Koffer, das war ihrer, ohne Frage, der Koffer allerdings nicht. Sie konnte sich einfach keinen Reim darauf machen.

»Ein Hochzeitskleid, was mache ich denn damit?«

Für das zweitägige Assessment-Center benötigte sie ihren eigenen Koffer mit dem darin befindlichen Business-Outfit. Sie hatte es erst kürzlich in einer Boutique in Palma gekauft. Zwei Blusen, ein einfarbiger Hosenanzug und etwas, das ihre Mutter als ›Kostüm‹ bezeichnet hätte. Alles in leichten Grüntönen, den Farben des Unternehmens, das sie eingeladen hatte.

Strategisches Marketing, davon verstehe ich etwas. Wenn man etwas erreichen will, muss man dafür auch modetechnisch Opfer bringen.

Nur dass sie momentan ausschließlich über die Kleidung verfügte, die sie am Leib trug. Urlaubsbekleidung von ihrem einwöchigen Mallorca-Aufenthalt, also Shorts, Sandalen und ein tief ausgeschnittenes buntes Oberteil. Damit konnte sie bei dem Assessment-Center ganz sicher keinen Eindruck machen. Die anderen Teilnehmer würden sich freuen. Eine weniger im Rennen, und damit hätten sie vermutlich auch noch recht.

Josh würde angesichts ihrer momentanen Situation vermutlich laut loslachen und ihr raten, zusammenzupacken und auf dem schnellsten Weg wieder nach Aschaffenburg zurückzukommen. Josh stand ihrer Bewerbung sowieso nicht sehr positiv gegenüber. Er hatte nicht viel gesagt, als sie ihm vor ein paar Wochen von dem Job in München erzählt hatte. Dreihundertfünfzig Kilometer, oder wie Josh sagte, vier Autofahrtstunden plus x – stautechnisch bedingt –

entfernt von ihrem gemeinsamen Wohnort Aschaffenburg im Norden Bayerns.

Einfache Fahrtstrecke natürlich.

Ein gemeinsames Leben auf Distanz? Josh arbeitete in der Schreinerei seines Vaters und wollte diese später übernehmen … schwierig, das war ihr klar. Aber deswegen einfach eine sich vielleicht nur einmal im Leben bietende berufliche Chance ausschlagen? Noch hatte Julia das Assessment-Center nicht absolviert. Danach bestand immer noch Zeit zum Überlegen.

Sie blickte erneut auf den Koffer mit dem Hochzeitskleid.

Heiraten? Ich weiß gar nicht, ob das mein Weg ist. Mit Josh zusammenbleiben, das schon, aber Ehe, Kinder und all das, was dann folgt? Dicker Bauch, Kindergeschrei, Karriereknick? Die Nachmittage auf einem Spielplatz verbringen, statt eine Marketingstrategie auszuarbeiten?

Sie konnte sich das momentan nicht im Entferntesten vorstellen. Es gab zu viel, wofür sie in den vergangenen Jahren ihres Studiums gekämpft hatte. Das einfach aufgeben? Josh hatte zwar bei einer der seltenen Gelegenheiten, bei der sie über Familienplanung gesprochen hatten, angedeutet, dass auch er bereit wäre, in Elternzeit zu gehen und sie dann weiterarbeiten könne. Schließlich war ihr Monatseinkommen deutlich höher als das seine. Ob das wirklich funktionieren würde? Sie wusste es nicht.

Sie schüttelte den Kopf.

Sie hatte keine Zeit für solche Gedanken, sie brauchte ein passendes Business-Outfit. Sie stand auf und ging zum Haustelefon.

»Rezeption, was kann ich für Sie tun?«, erklang es aus dem Hörer.

»Ich brauche Ihre Hilfe. Es ist doch sicher in der Vergangenheit auch schon einmal passiert, dass ein Gast neue Kleidung benötigte, zum Beispiel, weil die Hose aufgerissen ist, oder?«

»Selbstverständlich, da empfehlen wir immer das große Bekleidungshaus *Oberwieser und Gschwendtner* in Landshut, das öffnet morgen früh um zehn.«

Ihre Hoffnung schwand. »Morgen ist zu spät. Ist nichts in der Nähe, was jetzt noch offen hat? Es ist wirklich ein Notfall!« Julia musste an das in weniger als einer halben Stunde beginnende gemeinsame Abendessen aller Teilnehmer denken, zu dem auch der Firmeninhaber erscheinen würde. Da konnte sie unmöglich in ihrer Urlaubskleidung auftreten.

»Bedauere, um diese Zeit haben alle Geschäfte bereits geschlossen … lassen Sie mich mal nachdenken …«, sagte die Dame mit stark osteuropäischem Akzent. »Wenn es so ein Notfall ist, dann hätte ich da eine vielleicht etwas ungewöhnliche Lösung für Sie. Welche Konfektionsgröße haben Sie?«

Wenig später trat Julia aus ihrem im Erdgeschoss befindlichen Hotelzimmer auf den Flur.

»Junge Dame, bringen Sie mir bitte meinen Koffer auf mein Zimmer und auch ein Glas Rotwein. Einen Merlot. Geht das?«

Julia erschrak.

Ein grauhaariger, vermutlich weit in seinen Sechzigern befindlicher und sehr korpulenter Mann blickte sie von oben bis unten musternd an und ergänzte: »Und bitte einigermaßen schnell, ja? Ich muss unten im Restaurant gleich die Begrüßungsrede halten. Thies ist mein Name. Zimmer 17.«

Seinen Trolley ließ er neben Julia stehen. Anschließend ging Dr. Hendrick Thies, Alleininhaber der Thies Industries Gruppe, für seine Statur überraschend schnell den Gang entlang in Richtung der weiter hinten befindlichen Zimmer.

Julia blickte in den im Flur hängenden Wandspiegel. Was sie sah, war eine junge Frau, bekleidet mit der typischen Hotelbekleidung: weiße Bluse, schwarze Hose. Nur ein Namensschild fehlte zur Vollständigkeit.

Der hat mich tatsächlich für eine Hotelangestellte gehalten, schoss es ihr durch den Kopf. Das war also der Firmenpatriarch und er hatte ihr gleich mal klargemacht, welche Rollen er für Frauen vorgesehen hatte. Sie rang nach Luft. »Und ich habe ihm nicht einmal widersprochen.«

Sie atmete tief durch, schloss ihre Zimmertür wieder auf und trat ein.

Um halb neun am Abend des gleichen Tages war sie mit einem Taxi, das ihr die hilfsbereite Mitarbeiterin an der Rezeption bestellt hatte, und einem dunkelblauen Hartschalenkoffer im Kofferraum wieder in Richtung Flughafen München unterwegs.

Tag 7

Sie drückte auf den an der Mittelkonsole angebrachten Schalter und öffnete damit das Verdeck des Cabriolets. Erst danach fuhr sie aus dem Parkhaus heraus und bog in die Kuhio Avenue in östlicher Richtung ein. Sie spürte die Kraft der morgendlichen Sonne auf ihren Unterarmen.

Den Jetlag hatte sie letzte Nacht besonders deutlich empfunden. Um vier war sie aufgewacht und jeder Versuch, wieder einzuschlafen, war fehlgeschlagen. Sie hatte im Bett einige Folgen einer bekannten amerikanischen TV-Serie angesehen und war danach aufgestanden, um in den stylischen Coffeeshop des im Kolonialstil erbauten Moana Hotels zu gehen.

Am Abend zuvor hatte sie ihn entdeckt und beschlossen, am nächsten Tag dort zu frühstücken. Der Kaffee war hier zu einhundert Prozent aus der auf Hawaii angebauten Kona-Bohne. Diese Kaffeebohne zählte zu den teuersten der Welt und war berühmt für ihre intensiven Aromen. Feli trank an diesem Morgen den gefühlt besten Kaffee ihres Lebens.

Sie hatte sich gut auf den heutigen Ausflug vorbereitet und ihre frühsommerlich blasse Haut bereits am Morgen großflächig mit der in einem der zahlreichen ABC-Shops gekauften Sonnencreme mit Lichtschutzfaktor 50+ eingecremt. Außerdem trug sie eine Basecap auf dem Kopf.

So wie Sven und ich, wenn wir mit seinem Cabrio im Sommer an den Gardasee fahren, ging ihr durch den Kopf, nachdem sie Waikiki hinter sich gelassen hatte und auf den *Diamond Head* Krater zusteuerte, der sich wenige Kilometer hinter Waikiki schon in voller Größe zeigte.

Was anders als in München war, war das Fahrzeug. Sie hatte sich, ohne viel nachzudenken und einfach aus einem spontanen Gefühl heraus, gegen den Ford Mustang entschieden, den ihr der Mitarbeiter der Autovermietung angeboten hatte.

Der Mustang ist Svens Auto, nicht so sehr mein Geschmack, dachte sie.

Sie hatte sich für das nur unwesentlich teurere Mercedes Cabriolet entschieden. Und mit diesem passierte sie schwungvoll die Engstelle zwischen dem auf der einen Seite hoch aufragenden Vulkankegel und der auf der anderen Seite genauso steil in den Pazifik abfallenden Küstenlinie. Kleine Sandstrände schmiegten sich in die schroffe vulkanische Felsenlandschaft. Der Verkehr floss gemächlich, so als hätte er sich an die hawaiianische Gelassenheit angepasst, die Feli an diesem Morgen zum ersten Mal seit ihrer Ankunft hier auf

O'ahu bis tief in sich hinein spürte. Sie spürte sie nicht nur, sondern sog sie genussvoll in sich auf. Die Geschwindigkeitsbegrenzung von fünfzig Meilen trug ebenfalls dazu bei, dass alles deutlich verlangsamter wirkte als auf dem amerikanischen Festland mit seiner dort überall spürbaren Hektik.

Feli überlegte, ob sie nach links in Richtung Kratereingang abbiegen sollte, entschied sich aber dagegen. Sie wollte keine Besichtigung, sondern einen Ausflug zum Lanikai Beach unternehmen, der auf der Ostseite von O'ahu lag. Dieser Strand versprach weitgehende Unberührtheit, was man vom touristisch überlaufenen Waikiki Beach nicht behaupten konnte.

Kleine Bungalowsiedlungen mit Palmen vor den Hauseingängen zogen wie an einer Perlenkette aufgereiht an ihr vorbei. Der Highway 1 schlängelte sich sanft an der malerischen Küste entlang, die nach jeder Biegung im Straßenverlauf ein neues *Wow* aus Felis Mund hervorzauberte. Am *Makapu'u Lookout* steuerte sie einen kleinen Parkplatz an, von dem man einen fantastischen Blick auf die felsige Küstenlinie haben sollte. Als sie ausstieg, war sie fast allein an diesem Aussichtspunkt. Der angenehm vom Meer wehende leichte Wind umschmeichelte ihren Körper. Feli genoss die Aussicht, die auch aus einem kitschigen Werbeprospekt hätte sein können: Wellen, die eine nach der anderen in kurzen Abständen ans steile Ufer brandeten und ein Rauschen erzeugten, wie Feli es zuvor noch nie gehört hatte.

»You want a photo with Jack?«

Vor ihr stand ein breit grinsender, windgegerbter Mann mit Drei-Tage-Stoppelbart, zerschlissenen Jeans, Basecap und Flip-Flops an den Füßen. Sie hatte den Mann nicht kommen sehen, so versunken war sie in den grandiosen Ausblick gewesen.

Das eigentlich Überraschende an ihm war allerdings nicht er selbst, sondern sein Begleiter. Ein etwa achtzig Zentimeter großer Ara mit rot-gelblichem Gefieder, der auf seiner Schulter saß und neugierig seinen Kopf hin und her bewegte.

»Ten Dollars only.« Der Mann strahlte sie weiter mit weit geöffnetem Mund an und Feli konnte erkennen, dass ihm bereits einige seiner Vorderzähne fehlten.

»Why not?« Sie reichte ihm ihr Handy und Jack wurde von seinem Besitzer auf ihre Schulter umgesetzt. Feli spürte sofort die spitzen Krallen des Aras, und ein leichter Anflug von Panik überkam sie.

Der Mann schien Felis Unbehagen zu spüren, denn er sagte: »Don't worry. Jack doesn't bite!« Er streichelte seinem Vogel beruhigend über den Kopf.

Eigentlich hätte er mir über den Kopf streicheln müssen, dachte Feli. Der Ara ist es nicht, der sich unwohl fühlt. Der Mann ging ein paar Schritte zurück, um den besten Standort für ein Foto mit ihrem Handy zu machen.

Dann blieb er stehen. »Smile Baby.«

Es blieb unklar, wen von beiden er damit meinte. Der Ara schien sich allerdings angesprochen zu fühlen und begann, mit seinem Schnabel an ihrem Ohrläppchen herumzuknabbern und kurz darauf ihre Basecap vom Kopf zu lupfen, mit dieser zu seinem Besitzer zu fliegen und schließlich elegant auf dessen Schulter zu landen.

Offensichtlich ein einstudiertes Manöver, für das die Touristen gern noch etwas zusätzliches Trinkgeld gaben. Feli fühlte in sich eine Verpflichtung aufkommen, es diesen gleichzutun.

Der Mann überreichte Feli das Handy und ihre Basecap, nahm die Dollarscheine wortlos mit einem Nicken entgegen und ging in Richtung einiger weiterer Touristen, die inzwischen eingetroffen waren und das Spektakel aus sicherer Entfernung beobachtet hatten.

Feli betrachtete auf ihrem Handy die soeben gemachten Fotos, wählte dasjenige aus, bei dem der Ara gerade dabei war, ihr die Basecap abzunehmen, und sendete es an Melanie. Anschließend stieg sie wieder in ihr Auto und setzte ihre Fahrt nach Lanikai fort, wo sie gegen elf am Bellows Beach Park ankam. Sie nahm ihre Badetasche aus dem Kofferraum und ging gut gelaunt in Richtung Strand.

Zwölf Stunden zuvor saß Sven im Büro und blickte auf sein Smartphone. Der GPS-Tracker zeigte an, dass sich der Koffer aktuell in Leipzig befand. Genauer gesagt in der August-Bebel-Straße 74 in einem mehrgeschossigen alten Gebäude, wie er über Google Street View festgestellt hatte.

»Wie kommt der Koffer denn nach Leipzig?«, fragte er sich.

Im Grunde konnte es ihm egal sein, Hauptsache der Koffer war weit weg von Hawaii, und das war er ohne Frage.

Vielleicht sollte ich Feli jetzt schreiben? Dann wird auch ihr klar, dass der Koffer unmöglich rechtzeitig in Hawaii eintreffen wird. Andererseits ... wie erkläre ich ihr, dass ich weiß, wo er sich befindet? London, Mallorca und jetzt Leipzig? Lieber nichts riskieren, sonst tickt Feli aus.

Feli musste schließlich nicht alles wissen.

»Sven, du sollst zum Alten«, rief ihm sein Kollege David zu, der gerade aus einem Meeting mit dem Firmeninhaber kam und nun den Kopf in Svens Büro hereinsteckte.

»Um was geht es?«

»Keine Ahnung, er hat nur gesagt, du sollst deinen Allerwertesten heben und zu ihm kommen.« David grinste ihn breit an.

Sven war augenblicklich wie elektrisiert.

Konnte das der Moment sein, in dem er die lang erhoffte Beförderung auf den Job des Marketing Director mitgeteilt bekäme? Die Präsentation seines letzten Projektes war aus seiner Sicht ziemlich gut gelaufen. Zu dem Auswahlverfahren, das in dieser Woche stattfand, waren zwar nur externe Kandidaten eingeladen worden, aber das bedeutete ja noch nichts. Seine Personalmanagerin hatte ihm mitgeteilt, dass Herr Thies sich zunächst einmal den externen Bewerbermarkt ansehen wolle und in einem zweiten Schritt danach die geeigneten internen Kandidaten und – wie Feli sicher angemerkt hätte – Kandidatinnen in den weiteren Auswahlprozess einbeziehen werde.

Sven überlegte, welche Unterlagen er für das Gespräch mitnehmen sollte, und entschied sich ohne viel nachzudenken für seine komplette Bewerbungsmappe mit der Auflistung aller durch ihn erfolgreich durchgeführten Projekte der letzten drei Jahre.

Anschließend fuhr er mit dem Aufzug in das oberste Stockwerk des Gebäudes, das ganz für Herrn Thies reserviert war, richtete mit einem Blick in den Aufzugsspiegel seine Krawatte noch einmal gerade und schritt auf das Vorzimmer des Firmeninhabers zu, in dem dessen persönliche Assistentin Beatrix Bredow schon auf ihn wartete.

Max trank den letzten Schluck Kaffee aus dem Plastikbecher, den er an dem kleinen Imbissstand auf dem Rastplatz kurz vor Inverness gekauft hatte. Es war zwanzig nach zehn.

Was für eine Plörre, dachte er und vermisste den morgendlichen Kaffee, den er sich zu Hause in München mit seinem neuen Gaggia Kaffeeautomaten so gern zubereitete.

Er war am frühen Morgen von Edinburgh losgefahren und hatte es, ohne eine Pause einzulegen, fast bis in das zweihundertfünfzig Kilometer entfernte Inverness geschafft. Noch lagen weitere zweihundert Kilometer und damit eine Fahrt von zwei bis drei Stunden vor ihm. Die Straße war um diese Uhrzeit wenig befahren gewesen. Wie es mit der Strecke von Inverness bis nach Scrabster hoch oben an der nördlichen Küste aussehen würde, wusste Max nicht. Hamish hatte ihm heute Morgen ein vielsagendes »Good luck« beim Check-Out aus dem Hotel zugeraunt und ihn vor den enger werdenden Straßen im Norden Schottlands gewarnt.

Nun stand er hier, angelehnt an seinen Mietwagen, einen froschgrünen Vauxhall Mokka, und blickte auf die malerische Kulisse der Highlands, die hier noch aus flachen Hügeln und Heidekrautfeldern bestand und die bis zum Horizont reichte. Vor ihm erstreckte sich die Ebene, die auf das Schlachtfeld von Culloden hinführte, auf der die schottischen Clans unter der Führung von Bonnie Prince Charlie am ereignisreichen 16. April 1746 eine vernichtende Niederlage gegen die englische Armee erlitten hatten.

Max versuchte erneut vergebens, die vielen kleinen Mücken, *midges* genannt, zu verscheuchen, die seit seiner Ankunft auf dem Parkplatz seine ständigen Begleiter waren und ihm bereits einige Bisse an ungeschützten Stellen im Gesicht und an den Oberarmen zugefügt hatten.

Ich hätte in Edinburgh ein Insektenmittel kaufen sollen, dachte er, doch dafür war es jetzt zu spät. Anne und James würden sicher etwas gegen diese Plagegeister haben.

Er warf den leeren Plastikbecher in die Mülltonne und stieg beinahe auf der falschen Seite ins Auto ein. Er schüttelte den Kopf, ging um das Auto herum und setzte die Fahrt auf der A9 fort. Bis Inverness waren es nur fünf Meilen.

Max überquerte eine halbe Stunde später den *Beauly Firth.* Um Viertel nach eins sollte er die Fähre in Scrabster erreichen. Das bedeutete, dass er am frühen Abend auf Orkney ankommen würde.

Seinem Chef hatte er eine kurze E-Mail geschrieben, nicht ohne einen Anflug von ungewohnter Courage zu verspüren, denn so kurzfristig den Freizeitausgleich einzufordern – und noch nicht einmal auf eine Rückäußerung des Vorgesetzten zu warten – war in seinem Unternehmen ganz und gar nicht üblich. Er fühlte bereits seit Monaten, dass er mit seinem

Arbeitgeber nicht mehr so verbunden war wie in den Jahren zuvor. Zu viele negative Veränderungen waren eingetreten, seit eine Private-Equity-Firma das Unternehmen übernommen und einen härteren Managementstil etabliert hatte. Vielleicht Zeit für einen Wechsel? Der Gedanke daran schob sich unaufhaltsam in sein Bewusstsein.

Was würde Feli mir raten? Sie hatten sich in der Zeit ihrer Beziehung auch zu beruflichen Themen hervorragend ausgetauscht. Feli, die Strukturierte, und er, der eher Introvertierte und Flexible. Gemeinsam waren sie ein hervorragendes Team gewesen – in vielerlei Hinsicht.

Gewesen, wie ihm erneut schmerzhaft bewusst wurde.

Max passierte die *Glenmorangie Distillery*. Für einen Besuch war heute keine Zeit. Er musste sich beeilen, was er sehr bedauerte. Das übergroße Hinweisschild ›Visitors Welcome‹ war wirklich ausgesprochen einladend.

Sie blickte auf ihr Handy.

Nichts.

Feli hatte nicht geschrieben. Eigentlich kein Wunder, schließlich war es auf O'ahu jetzt fast Mitternacht.

Irgendwie habe ich mich schon Zeit meines Lebens für sie verantwortlich gefühlt, dachte Melanie. Vor allem, als

Papa und Mama den tödlichen Autounfall hatten und ich als gerade mal Achtzehnjährige die Vormundschaft für Feli übernommen habe.

Felis Ticks waren nach dem Autounfall aufgetreten. Die psychische Reaktion auf die Hilflosigkeit der damaligen und aus der Bahn geworfenen Teenagerin. Ein kompensatorischer Versuch des Unterbewusstseins, die verlorengegangene Kontrolle über das Leben wiederzuerlangen.

Melanie blickte durch das Wohnzimmerfenster in ihren sommerlich blühenden Garten. Ihre Gedanken waren bei ihrer Schwester und sie empfand zum ersten Mal auch körperlich die räumliche Distanz von zwölftausend Kilometern Luftlinie zwischen Feli und ihr.

»Ich muss tun, was für Feli gut ist«, sagte sie entschlossen, öffnete ihren Laptop und schrieb.

> Sehr geehrte Frau Huber,
> ich will mich ausdrücklich für Ihre bisherige Unterstützung bedanken und gleichzeitig betonen, dass diese immer noch dringend benötigt wird! Sollten weitere finanzielle Aufwendungen dafür anfallen, werde ich diese gern übernehmen. Daher bitte ich Sie …

Feli saß am kilometerlangen und fast menschenleeren Strand von Lanikai und versuchte vergeblich, sich den Rücken mit ihrer Sonnencreme einzureiben. Wie auch immer sie es anstellte, es blieb eine schmale Fläche auf Schulterhöhe, an die sie mit den Händen einfach nicht herankam. Die Sonne stach unerbittlich vom wolkenlosen Himmel, und sie hatte zwar an nahezu alles für einen unbeschwerten Strandtag gedacht, jedoch nicht an eine Sonnencreme zum Einsprühen oder gar einen Sonnenschirm.

Ob sie wohl die zwei Frauen ansprechen könnte, die es sich in ihrer Nähe unter einem schulterhohen Busch gemütlich gemacht hatten? Allerdings waren die beiden gerade intensiv in leidenschaftlicher Umarmung und daher offensichtlich beschäftigt. Kein guter Zeitpunkt, die beiden zu unterbrechen. Manchmal braucht man eben doch einen Partner für besondere Zwecke, fand sie und wandte sich von dem Paar ab.

Die Szenerie, die sich direkt vor ihr bot war einfach traumhaft. Sanfte Wellen, die an den Strand schwappten, ein strahlend blauer Himmel und ein leichter und angenehm sanft wehender Tropenwind, der die Mittagshitze wenigstens etwas abmilderte. Der Strand von Lanikai befand sich am südwestlichen Teil der kleinen Stadt. Anders als in Waikiki gab es hier keine großen Hotels, der Ort bestand aus Ferienbungalows, die sich unter hohen Palmen direkt bis zum Strand hin erstreckten.

Wenn es auf der Welt nur einen einzigen Ort für absolute Entspannung gäbe, dann wäre das vermutlich Lanikai, dachte sich Feli in diesem Moment.

Sie biss in eines der Ananasstücke, die sie bei ihrer Ankunft auf dem Parkplatz von einem fahrenden Händler gekauft hatte. Der süße Fruchtsaft tropfte ihr das Kinn hinunter. Das war einwandfrei die beste Ananas ihres Lebens. Sie wischte sich den Mund mit ihrem Strandhandtuch ab.

Ein paar hundert Meter entfernt sah sie, dass sich eine kleine Gruppe Menschen näherte. Alle sommerlich leicht und alle in weißer Garderobe bekleidet.

Wie eine Prozession, fand sie.

Die Gruppe hielt einige Meter vor der Wasserlinie an und wie auf ein gemeinsames Kommando begannen sie zu singen und begleiteten dies mit kleinen Trommeln und Flöten. Irgendwie erinnerte es Feli an einen Song der *The Mamas and the Papas,* einer Band aus den frühen 1970er Jahren. Das Rauschen der an den Strand brandenden Wellen untermalte diese beeindruckende Stimmung zusätzlich.

Ein stämmiger Hüne, mindestens einen Meter und neunzig groß und mit einem breitkrempigen weißen Sonnenhut auf dem Kopf, trat aus der Gruppe hervor. Die anderen bildeten einen Halbkreis um ihn, und ein Mann und eine Frau, beide schon grauhaarig und mit mehreren bunten Hulagirlanden um den Hals, nahmen sich an der Hand und stellten sich in die Mitte des Kreises.

Eine Hochzeitszeremonie am Strand! Jetzt verstand sie, was es mit der eigenartigen Gruppe auf sich hatte. Hawaii war nicht nur für sie selbst ein absoluter Sehnsuchtsort und somit perfekt für eine Hochzeit, sondern auch für viele andere Paare der ganzen Welt. Bereits am Waikiki Beach am Vortag hatte sie mehrere vorwiegend asiatische Paare in weißer und roter Hochzeitsgarderobe entdeckt.

Dieses Paar hier vollzog offenbar bereits in fortgeschrittenem Alter noch einmal eine Hochzeit.

Ob sie sich erneut das Jawort geben oder erst vor kurzem ein Paar geworden sind?, fragte sich Feli. Und wen hätte ich jetzt gern an meiner Seite?

Eine Frage mit jeder Menge Fragezeichen dahinter.

Sie spürte, dass tief in ihr etwas in Bewegung geraten war, das keine Ruhe mehr zu finden vermochte. Das, was ihr vor wenigen Tagen in München so sicher erschienen war, die bevorstehende Hochzeit mit Sven, fühlte sich auf einmal nicht mehr so bedingungslos richtig an. Nicht so wie zuvor. Die Ereignisse der vergangenen Tage hatten in ihr etwas ausgelöst, von dem sie in diesem Augenblick noch nicht sagen konnte, was es genau war. Irgendwie mischte sich der lange schon vergessene Max wieder in ihre Gefühlswelt ein.

Feli verließ den Strand von Lanikai eine Stunde später.

Und mit jeder Menge verwirrender Gedanken, die in ihrem Kopf gerade großes Kino veranstalteten.

Sven verließ konsterniert und wie in Trance das Büro des Firmeninhabers.

Beatrix Bredow saß noch immer hinter dem Schreibtisch und blickte von ihrem Bildschirm auf. »War es sehr schlimm?«

Sven rang nach einer Antwort. »Zumindest völlig anders als erwartet. Er hat gesagt, ich sei für die Direktorenebene nicht qualifiziert genug. Und dabei dachte ich, er hätte sich bei der Projektpräsentation vor ein paar Tagen positive Notizen über mich gemacht. So kann man sich täuschen.«

»Mach dir nichts draus, die externen Kandidaten konnten im Auswahlverfahren diese Woche auch nicht überzeugen. Und da waren hochqualifizierte Leute dabei. Eine der Teilnehmerinnen ist sogar schon am Vorabend unverrichteter Dinge wieder abgereist. Vermutlich hat sie dem Druck nicht standgehalten.«

»Was wird er jetzt tun?«, fragte Sven mit unsicherem Blick auf die inzwischen geschlossene schwere Eichenholztür, durch die er vor einer knappen Viertelstunde so hoffnungsvoll eingetreten war. »Wer weiß? Er hat das noch nicht kommuniziert, aber ich vermute, er wird sich weitere interne Kandidaten anschauen.«

Auf ihrem Schreibtisch blinkte ein rotes Licht auf.

»Ich muss zu ihm.« Sie nahm einen Stapel Unterlagen, bedeutete Sven, das Büro zu verlassen, und öffnete die Tür zum Büro des Firmeninhabers. »Herr Thies, Sie wollten mich sprechen …«

Die Tür schloss sich hinter ihr.

In ihrem Stapel Unterlagen lag unter anderem auch ein ausführliches Dossier über Felicitas Mayrhofer aus der Marketingabteilung.

Max befand sich auf der Fähre nach Stromness, dem Fährhafen auf der Hauptinsel der Orkneys. Seinen Mietwagen hatte er auf dem Festland in Scrabster abgestellt, so kurzfristig war keine Passage für einen PKW zu erhalten gewesen.

Alles ausgebucht wegen der vielen Touristen, die die frühsommerliche Schönheit von Orkney bewundern wollten.

Die *Hamnavoe* der Northlink Reederei schwankte auf ihrer Passage durch den Pentland Firth beträchtlich hin und her. Die Nahtstelle zwischen Atlantik und Nordsee war bekanntermaßen eine raue und windgepeitschte Gegend. Vor allem wenn die Herbststürme kamen und der Fährbetrieb dann tagelang komplett eingestellt werden musste. Allerdings konnte auch im Sommer die Überfahrt für empfindliche Mägen, so wie den von Max, eine Herausforderung sein. Er hatte auf der insgesamt etwa drei Stunden dauernden Passage bereits zur Halbzeit zwei Mal die Toiletten aufsuchen müssen und fühlte sich auch danach noch hundeelend. Er musste wieder an die Worte von Hamish denken, der ihm »good luck« gewünscht hatte. Vielleicht hatte Hamish eher die Schiffspassage gemeint?

Max spürte erneut ein flaues Gefühl in der Magengegend, obwohl er sich bereits auf das Außendeck der *Hamnavoe* begeben hatte und in der Ferne nun den *Old Man of Hoy*, das imposante steinerne Wahrzeichen der Insel Hoy sehen konnte. James hatte ihm in seinen Mails geschrieben, wie beeindruckend die unberührte Natur von Hoy sei und dass Anne und er gern mit ihm einmal auf die kleine Insel fahren wollten. Dort gebe es beeindruckende Brutstätten der Papageientaucher und die magische Bucht bei Rackwick tief im Westen der Insel mit einer nicht bewirtschafteten und einzigartigen Übernachtungsmöglichkeit in einem alten Steinhaus.

Auch wenn es beim Lesen verlockend geklungen hatte, war Max in diesem Moment nicht wirklich nach Ausflügen in die Natur oder zu unbequemen Unterkünften zumute. Er sehnte nur die Ankunft in Stromness herbei. Zu seinem Glück beruhigte sich die

See, sobald die Fähre um Hoy herumgefahren war. Eine Stunde später erreichten sie die Hafeneinfahrt.

Als Max die Schiffsgangway entlangwankte, an deren Ende Anne und James auf ihn warteten, zog er wegen des schottischen Nieselregens, der inzwischen eingesetzt hatte, die Kapuze über den Kopf.

»Schön dich wiederzusehen nach so langer Zeit! Du siehst blass um die Nasenspitze aus.« Anne umarmte ihn herzlich und gab ihm einen Kuss auf die Wange.

»Komm her und lass dich begrüßen.« James tat es ihr gleich. »Wie lange hast du dich jetzt beharrlich geweigert, uns hier im Norden zu besuchen? Ein ganzes Jahr?«

Max nickte.

»Du musst dringend an deiner Einstellung zu alten Freunden arbeiten«, sagte James mit seinem Max so vertrauten und manchmal auch aufbrausenden Lachen.

»Bedränge ihn nicht, James. Max hat immer noch den Pentland Firth in den Knochen«, erwiderte Anne.

»Wohl eher im Mag…«Max drehte sich ruckartig um, beugte sich über eine Absperrung und übergab sich ein weiteres Mal.

»Geht es dir wieder besser?«, fragte Anne mit einem besorgten Blick, als Max sich wieder aufrichtete.

»Geht schon.« Er wischte sich den Mund mit einem Taschentuch ab und wandte sich seinen Freunden zu. »Einen Whisky habt ihr nicht zufällig im Auto?«

»Don't drink and drive«, sagte Anne kopfschüttelnd.

»Aber zu Hause natürlich jede Menge«, schob James aufmunternd hinterher.

»*Highland Park?*«

»Natürlich auch eine Flasche *Highland Park*«, antwortete Anne und zwinkerte ihm zu.

Der Abend ist gerettet, dachte Max und bemerkte wieder erst im letzten Moment, dass er dabei war, auf der falschen Autoseite einzusteigen.

E-Mail an Melanie Mayrhofer.

> Alles läuft wie geplant, machen Sie sich
> keine Sorgen.
> Mit freundlichen Grüßen,
> Ihre Roswitha Huber

Sie hatte ihre Surfstunde mit Sid beendet und duschte sich in dem direkt neben dem Surfshop befindlichen Sanitärgebäude das Salzwasser vom Körper.

Das war wirklich eine Herausforderung gewesen. Obwohl die Wellen zu dieser Jahreszeit und speziell an diesem Strandabschnitt nicht allzu hoch waren, war sie in den vergangen sechzig Minuten an ihre körperlichen Grenzen gestoßen. Es war einfach etwas anderes, den Surfern vom Strand aus zuzusehen und ihre geschmeidigen Bewegungen auf dem Surfbrett zu bewundern, oder es selbst auf diesem wackeligen Brett zu versuchen. Sie spürte immer noch die Anstrengung, die es bedurft hatte, auf dem Bauch liegend und durch paddeln mit den Händen eine Welle im richtigen Zeitpunkt zu erwischen. Die Spuren dieser Paddelbewegungen waren an den Innenseiten ihrer Unterarme deutlich zu sehen. Sie hatte es kein einziges Mal geschafft, länger als einige Sekunden auf dem Brett zu stehen, und dennoch hatte sie in diesen kurzen Augenblicken ein Hochgefühl empfunden wie schon lange nicht mehr.

»Good ride«, hatte Sid gesagt, als sie es am Ende der Surfstunde geschafft hatte, auf dem Brett stehend einige Meter auf dem Kamm einer kleinen Welle zu reiten, bevor sie kopfüber ins Wasser gefallen war. »Flach reinspringen, wegen dem darunter liegenden Korallenriff!«, hatte ihr Sid vorher zum Glück eingeschärft.

Feli drehte den Wasserhahn der Dusche zu, trocknete sich die Haare mit ihrem Handtuch und trat aus dem kleinen Gebäude.

Sid wartete auf sie. »Wanna have some fun tonight?«

Feli schüttelte den Kopf.

Sid schien nur mäßig enttäuscht. »Maybe next time?«

»Maybe next time.« Wenn es ein nächstes Mal gibt, dachte sie. Ihr Aufenthalt auf der Insel war zeitlich begrenzt, und was an dessen Ende stehen würde, wusste sie in diesem Moment weniger als je zuvor.

Nachdem sie den Mietwagen abgegeben hatte, schlenderte Feli entspannt zu ihrem Hotel, zog sich dort ein leichtes Sommerkleid an und verließ das Zimmer bei Einbruch der Dunkelheit wieder, um in eine Strandbar zu gehen, die sie entdeckt hatte. Es war die Beach Bar des Moana Surfrider Hotels, das sie an diesem Morgen auf ihrem Weg zum Coffeeshop so beeindruckt hatte. Jetzt am Abend und unter voller Beleuchtung wirkte das Moana Hotel wie aus der Zeit gefallen. Während nahezu alle anderen Hotels in Waikiki ihrer Meinung nach ›gesichtslose Hochhäuser‹ waren, war das fünfstöckige Moana mit seiner über die ganze Hotelbreite führenden offenen Terrasse und den Lampen im Stil des neunzehnten Jahrhunderts unfassbar schön, fand Feli. Als sie den hell erleuchteten Treppenaufgang zum Hotel hinaufstieg, fühlte sie sich wie eine der Filmstars aus alten Hollywood Filmen. Ein distinguiert aussehender Concierge nickte ihr zu und wies ihr den Weg durch das Hotel zu der dahinter unter freiem Himmel liegenden Bar, in deren Mitte ein imposanter und mit unzähligen Girlanden geschmückter Banyan Tree – eines der botanischen Wahrzeichen Hawaiis – stand. Seine beeindruckend langen Luftwurzeln hingen wie Lametta von den Ästen bis fast auf den Boden.

Feli nahm auf der rückseitigen Veranda in einem der ausladenden Korbsessel und mit Blick auf den Banyan Tree Platz und bestellte sich einen Sundowner.

»Den habe ich mir verdient«, sagte sie wenig später und erhob ihren Cocktail auf sich selbst. Eine ältere Dame im Sessel direkt neben ihr tat es ihr gleich und lächelte ihr freundlich zu.

Feli atmete tief durch. Ein Paradies. Aber ist es auch *mein* Paradies? Sie war sich nicht sicher. Sven müsste morgen losfliegen, um noch rechtzeitig auf O'ahu einzutreffen. Würde er kommen? Max und Sven, was macht ihr nur mit mir? Ihre Gedanken gingen auf Reise mit offenem Ende – zumindest an diesem Abend.

Der fehlende Koffer mit dem Hochzeitskleid und der für eine Hochzeit ebenso notwendige Ehemann waren ihr spätestens nach dem dritten Sundowner ziemlich egal.

Genau wie der Countdown auf ihrer Smartwatch, der noch 2 Tage, 16 Stunden und 35 Minuten anzeigte.

James erhob sein Glas. »Auf einen lang ersehnten Gast hier bei uns auf Orkney, *Sláinte Mhath*, mein lieber Max.«

»*Sláinte Mhath*«, wiederholte Anne.

»Auf eure Gesundheit, ihr beiden«, schloss sich Max an und erhob ebenfalls sein Glas. Nach dem ersten

Schluck schloss er die Augen und brummte wohlig. »Hervorragend, dieser *Highland Park*.«

Aus James brach ein lautes Lachen hervor.

»Das ist kein *Highland Park*«, sagte Anne, »das ist ein *Scapa*! James will dich veralbern. So wie früher, als du meist erfolglos versucht hast, die einzelnen Whiskys zu unterscheiden.« Sie boxte ihm sanft gegen die Schulter und zwinkerte ihrem Mann zu, der sich vor Lachen kaum beruhigen konnte.

»Er schmeckt mir trotzdem ganz hervorragend.«

»Setzen wir uns«, schlug James vor und wischte sich die letzte Lachträne weg. »Max, erzähl uns, wie es kam, dass du dich so spontan entschieden hast, uns zu besuchen.«

Max und James nahmen auf dem Sofa im Vorbau ihres kleinen Cottages in Kirkwall Platz.

»Nicht dass wir uns nicht gefreut hätten, aber ein wenig überraschend kam deine Anfrage schon«, ergänzte Anne, die ihnen gefolgt war und sich schwungvoll auf einem Sessel direkt neben den beiden niederließ.

»Ich wollte euch schon seit Längerem besuchen … wirklich … um ehrlich zu sein, ich brauche jemanden, der mir zuhören kann und der mir vielleicht einen Rat gibt. Ich glaube, ich befinde mich wieder in einer Lebenskrise, so wie vor einem Jahr …«

Anne und James nickten. Sie hatten aus der Ferne mitbekommen, wie schwer Max die Trennung von Feli gefallen war. Max hatte nicht allzu viel darüber verlauten lassen, aber das wenige, was sie wussten, hatte sie mit großer Sorge um ihren Freund erfüllt. Feli hatten sie nie persönlich kennengelernt, der Kontakt zu ihr war in den Jahren immer nur über ihre gelegentlichen gemeinsamen Videocalls gelaufen.

»Mit niemand anderem kann ich so offen über meine Gefühle sprechen. Das war damals in unserer Studienzeit schon so, erinnert ihr euch noch, als Erin mich abserviert hat?«

»Erin, die mit den ...?« James wollte gerade mit seinen Händen eine runde weibliche Form anzeigen, was ihm Anne mit einem strengen Blick jedoch sofort unterband.

»James!«

»Okay, ich weiß auch so, welche Erin du meinst«, feixte dieser zu Max gewandt.

»Es gibt da in meinen Gedanken immer noch Feli, die in den nächsten Tagen heiraten will ... und nun plötzlich wieder eine Rolle in meinem Leben zu spielen scheint. Sie will, dass ich zu ihrer Hochzeit komme, und ich weiß absolut nicht, wie ich das interpretieren soll. Auf jeden Fall hat ihre Einladung emotional etwas in mir ausgelöst, das immer stärker wird.« Und nach einer kurzen Atempause: »Und dann gibt es da noch April, eine Frau aus den USA, mit der ich erst seit Kurzem in Kontakt stehe.« James schenkte Max ein zweites Glas Whisky ein. »Oh Mann, zwei Frauen, das klingt kompliziert, alter Freund.«

Es wurde das von Max ersehnte gute Gespräch zwischen den drei Freunden und ein langer Abend. Erst weit nach Mitternacht legte er sich in sein Bett und wusste endlich, was zu tun war. Hinsichtlich Feli und auch April.

Dr. Maria Hoppenstedt – ein paar Stunden zuvor

Dr. Maria-Antonia Hoppenstedt, Psychotherapeutin mit Praxis in einer Leipziger Villa aus der Gründerzeit, schloss die Tür ihrer Praxis. Ihre letzten Klienten an diesem Tag, ein Ehepaar, das in einer Beziehungskrise steckte und sie um Rat gebeten hatte, war bereits die Stufen der knarzenden Holztreppe im Treppenhaus hinuntergestiegen und auf dem Weg zur Ausgangstür. Sie konnte ihre Schritte und ihr Flüstern aus der Entfernung wahrnehmen. Dieses alte Gebäude war hellhörig und hatte in den vergangenen mehr als einhundertdreißig Jahren seit seinem Bau viel vernommen.

Frau Dr. Hoppenstedt – oder Toni, wie einige wenige, sehr gute Freunde sie nannten – ging zurück in den Behandlungsraum. Sie setzte sich auf ihren breiten, an den Armlehnen deutlich abgewetzten Therapeutensessel und blickte auf das Ergebnis der gerade zu Ende gegangenen Stunde.

Das Therapiebrett auf dem runden Tisch, den sie in den Sitzungen zwischen sich und ihre Patienten stellte, zeigte die Ausgangssituation des Paares mit Hilfe von mehreren etwa zehn Zentimeter hohen Spielpuppen. Herr und Frau Müller, er Midlife-Crisis geplagt, sie mit Empty-Nest-Syndrom, standen an den jeweils gegenüberliegenden Seiten des 40-mal-40-Zentimeter großen Brettes, ihre zwei erwachsenen Kinder eng bei der Mutter. Dieses Therapiebrett, das sie für sogenannte *Aufstellungen* verwendete, sah für die meisten Menschen wie ein ganz normales Holzbrett aus, mit kleinen Spielpuppen, die Vater, Mutter, Kind und sonstige eventuell vorhandene – und für die Therapie relevante – Personen symbolisieren sollten.

Herr und Frau Müller hatten sich früher einmal emotional näher gestanden, doch die vergangenen Jahre hatten ihre Beziehung auf das Niveau des *Miteinanderzurechtkommens* reduziert.

Ihre Liebe füreinander müssen sie erst wieder entdecken, ging es Toni durch den Kopf. Mein Auftrag ist es, sie dabei zu unterstützen.

Sie drehte ihren Kopf und nahm den Gegenstand in den Blick, der ihre eigene Lebenssituation gerade ins Wanken gebracht hatte. Ein blauer Koffer. Den hatte ihr ein Lieferdienst des Flughafens heute am Morgen zugestellt, gerade als sie ihre Praxis aufsperren wollte. In ihrer morgendlichen Unkonzentriertheit – der erste Kaffee vor Beginn der Therapiestunde, ihr Lebenselexir, war noch nicht zubereitet – hatte sie den Koffer angenommen. Kaum dass der Auslieferer wieder verschwunden war, hatte sie festgestellt, dass es sich nicht um ihren Koffer handelte, der beim gestrigen Heimflug von einem Psychotherapeutenkongress in München verlorengegangen war. Sie würde später den Lost-and-found-Schalter am Flughafen anrufen und die Angelegenheit klären.

Sie hatte, neugierig und mit einem Anflug schlechten Gewissens, verschiedene gängige Zahlenkombinationen ausprobiert. Der Koffer hatte sich ganz einfach mit der 123 öffnen lassen. Er enthielt ein weißes Hochzeitskleid und eine Reihe von Glückwunschschreiben und -karten.

Ein Hochzeitskleid, mein Gott, wie weit bin ich selbst von diesem Thema entfernt?, fragte sie sich und nahm einen Schluck aus der auf einem kleinen Beistelltisch stehenden geblümten Kaffeetasse.

Sie musste sich eingestehen, dass es Jahre her war, dass sie eine Heirat für zumindest nicht völlig ausgeschlossen betrachtet hatte. Den Richtigen, ihren *Mr. Right*, hatte sie nie gefunden. Allerdings wusste sie als Therapeutin mit inzwischen mehr als zwanzig Jahren Berufserfahrung, dass eine Fixierung auf *den Einen* in aller Regel nicht zum gewünschten Erfolg führte.

Gerade die junge Generation heutzutage überhöht das Thema Partner und Hochzeit viel zu sehr, dachte sie. Sie haben oftmals unrealistisch hohe Erwartungen an den Partner und vor allem an die perfekte Hochzeit und unterschätzen, dass eine Partnerschaft viel gemeinsame Beziehungsarbeit bedeutet.

Als Therapeutin und als lebenserfahrene Frau wusste sie das.

Interessante Männer hatte es in ihrem Leben schon gegeben, aber die berufliche Tätigkeit in ihrer Praxis, ihre Ehrenämter in der Psychotherapeutenvereinigung und ihr starker Wunsch nach Autonomie hatten längere Partnerschaften mit voranschreitendem Alter zunehmend schwierig werden lassen.

Der letzte wirklich interessante Mann, den sie vergangenes Jahr auf einer Fachtagung kennengelernt hatte, war Hannes aus Hamburg gewesen – ebenfalls Psychotherapeut. Geschieden, zwei erwachsene Kinder und mit einem wunderbaren Humor ausgestattet, wie sie schnell erkannt hatte. Sie hatte auf seine vorsichtigen Kontaktversuche allerdings nur halbherzig reagiert und irgendwann hatte er diese – offenbar entmutigt – eingestellt.

Eigentlich schade. Vielleicht müssen nicht nur Herr und Frau Müller an ihrer Beziehung arbeiten, sondern auch ich sollte das Thema Partnerschaft noch nicht für ganz beendet betrachten, sinnierte sie und wandte ihren Blick auf das Aufstellungsbrett mit der dort dargestellten Paarsituation.

Anschließend holte sie ihr kleines Notizbuch aus der Aktentasche, wählte auf ihrem Handy eine Telefonnummer und sagte wenig später: »Hallo Hannes, hier ist Toni aus Leipzig. Erinnerst du dich noch an mich?«

Tag 8

Die *Hamnavoe* glitt durch den am Morgen ruhigen Pentland Firth. James hatte ihn im Morgengrauen zum Hafen nach Stromness gefahren, damit er die allererste Fähre um halb sieben erreichen konnte.

Den Kragen seiner Windjacke hochgezogen, lehnte Max an der Reling des Außendecks und blickte auf die dunstverhangene Küstenlinie des nahenden schottischen Festlands. Seine Hände steckten in den Jackentaschen. Die frühmorgendlichen Temperaturen waren immer noch kühl.

In der Nacht zuvor hatte er endlich wieder zu sich gefunden – auf emotionaler Ebene – und Klarheit über seine Gefühle erlangt. Anne und James waren die Zuhörer gewesen, die er sich erhofft hatte. Endlich hatte er sich all das von der Seele reden können, was in den letzten zwölf Monaten tief in seinem Inneren verborgen geblieben war. Wie ein Staudamm, der seine Schleusen öffnen konnte, so hatte es sich angefühlt. Danach war er gleichermaßen erleichtert und erschöpft gewesen. Anne hatte ihn in die Arme genommen und es waren Tränen geflossen, bis er sich seine nie erloschene Liebe zu Feli selbst eingestehen konnte. Danach hatte James den *Highland Park* herausgeholt und zusammen hatten sie auf Feli und seine Hoffnung, sie wieder zurückzugewinnen, angestoßen. Dass er nur wenige Stunden später – nach einer sehr kurzer Nachtruhe – aufbrechen wollte, hatten Anne und James nur allzu gut verstanden. Schließlich war Eile geboten. Er hatte einen weiten Weg vor sich. Was er Feli genau sagen wollte, wenn er Hawaii erreichte, dazu hatte auf der weiteren Reise noch ausreichend Zeit, sich Gedanken zu machen. Sein ESTA, das ihm die Einreise in die USA gestattete, war immer noch gültig – das erleichterte seine kurzfristige Reiseplanung. In der vergangenen Nacht hatte er bereits ein Flugticket von Glasgow nach Los Angeles und von dort weiter nach Honolulu gebucht.

Jetzt musste er nur mit seinem Mietwagen auf dem schnellsten Weg nach Glasgow kommen. Über 270 Meilen und ungefährt sechs Stunden Fahrtzeit lagen vor ihm. Zumindest sagte das die Navigations-App.

Es wurde Zeit, Melanie zu antworten.

> Hi Melanie, sorry, dass ich so spät antworte. Um es kurz zu machen: Ich komme zur Hochzeit und werde heute Abend von Glasgow aus in die USA fliegen. Keine Ahnung, wie das dann auf O'ahu weitergeht. Ich habe einen

Entschluss gefasst, der dort wie eine
Bombe einschlagen könnte, aber ich kann
einfach nicht anders. Ich habe schon viel
zu lang damit gewartet.
Max

Wenn nur die Fähre schneller fahren würde, dachte er und ging unter Deck, um seinen ersten Kaffee dieses Tages zu trinken.

Der Anruf kam am frühen Morgen. Feli lag noch im Bett ihres Hotelzimmers.

»Felicitas Mayrhofer«, sagte sie, als sie abgehoben hatte.

»Guten Morgen, Frau Mayrhofer, hier spricht Christina Wrobe aus Berlin, bitte entschuldigen Sie den frühen Anruf, aber ich habe da eine etwas komische Sache hier in meinem Modeatelier …«

Wenige Minuten später hatte Feli Klarheit hinsichtlich des Verbleibs ihres Koffers. Dieser war, so wie sie von der Modedesignerin erfahren hatte, über verschiedene Umwege in Berlin gelandet und würde auf keinen Fall rechtzeitig zur Hochzeit auf O'ahu eintreffen. Die langen Tage der Unsicherheit waren vorüber und sie spürte augenblicklich eine Last von sich abfallen. Dieser Koffer mit ihrem Hochzeitskleid war so etwas wie ein Anker gewesen, der sie an ihrem Wunsch nach einer Heirat mit Sven – oder war es eher eine Obsession gewesen? Sie war sich da nicht sicher – hatte festhalten lassen. Wenn schon der Koffer nicht kam, wie sah das dann mit Sven aus? Würde er kommen? Sie musste endlich herausfinden, was Sache war. Daher schrieb sie.

> Mein lieber Sven, jetzt sitze ich hier immer noch allein in meinem Hotelzimmer und weiß nicht, ob du kommen wirst. Vielleicht habe ich diese Hochzeit mehr gewollt als du? Ich bin mir momentan auch nicht mehr sicher, wie es mit uns beiden weitergehen wird. Was wollen wir für unsere Zukunft? Bitte sei ehrlich zu mir!
> Feli

Feli legte das Smartphone auf ihr Bett. Wie hatte es nur so weit kommen können?

Vor einer Woche hätte ich jeden ausgelacht, der mir erzählt hätte, dass mir so etwas passieren könnte. Wie im Film *Die Braut, die sich nicht traut* mit Julia Roberts, nur in umgekehrten Rollen. Richard Gere, das bin ich, und Sven … läuft er etwa wie die vor der Hochzeit fliehende Julia Roberts davon?

Feli schüttelte den Kopf.

Tief in sich drinnen spürte sie, dass Sven morgen nicht eintreffen würde. Nur die letzte Gewissheit fehlte ihr noch. Wenn er doch endlich verlässlich sagen würde, ob er kommt. Sein beständiges Abwiegeln und Verzögern machte sie fast wahnsinnig.

Feli entschied sich, das zu tun, was ihr in emotional belastenden Situationen schon immer geholfen hatte. Sie verließ das Hotel und schlenderte ziellos durch das langsam erwachende Waikiki. Ein ausgiebiger Spaziergang bewirkte manches Mal Wunder.

In München las Sven Felis Nachricht und war sich nicht sicher, was er darauf antworten sollte. Er tat dann das, was er immer getan hatte, wenn eine Beziehung zu Ende zu gehen schien.

Er tat einfach nichts.

Feli würde das schon noch verstehen und sie würde mit ihm letztendlich doch nicht glücklich werden, resümierte er seine aktuelle Lage.

Denn Fakt war, er konnte einfach keiner Frau dauerhaft treu bleiben.

Das muss irgendwie genetisch bedingt sein, dachte er. So wie bei meinem Vater. Allerdings hat Mutter das herausgefunden und ihn danach eng an die Leine genommen.

Nichts für mich, so eine Hundeleine.

Er nahm sich vor, am nächsten Tag Lasse, seinen besten Freund und designierten Trauzeugen, anzurufen und rein prophylaktisch schon mal nachzufragen, ob dieser seinen Flug nach Hawaii noch kostenfrei stornieren könne.

»Sven, bringst du mir bitte noch ein Glas Rotwein aus der Küche?«, kam es in diesem Moment verführerisch aus dem Schlafzimmer.

Melanie begann, ihren Koffer für den bevorstehenden Abflug in die USA zu packen. Auf Max' Nachricht hin hatte sie einen Freudentanz aufs Parkett ihres Wohnzimmers gelegt, obwohl ihr klar war, dass seine Entscheidung nur ein erster Schritt sein konnte, denn wie Feli auf sein unvermutetes Erscheinen reagieren würde, war für Melanie nach wie vor unklar. Sie konnte nur hoffen, dass ihr Plan aufging.

Max stand Viertel nach sechs Ortszeit am Gate 12 des Flughafens in Glasgow und wartete ungeduldig auf den Aufruf zum Boarding für seinen Flug mit Delta Airlines. Die Fahrt von Scrabster nach Glasgow war fast die gleiche Strecke, die er tags zuvor bereits in entgegengesetzter Richtung gefahren war.

»Now boarding all passengers group B«, erklang die Ansage der Flugbegleiterin am Gate.

Er musste warten, seine Gruppe war noch nicht an der Reihe.

Von April war heute erneut eine im Ton fast bettelnde WhatsApp-Nachricht eingegangen. Auch wenn er seine Zuneigung zu dieser ihm erst seit wenigen Tagen bekannten Frau – sofern sie denn als Person überhaupt existierte – selbst nicht ganz begreifen konnte, war er sich nach dem Gespräch am Abend mit Anne und James im Klaren, dass dieser Kontakt mit größter Wahrscheinlichkeit ein Fake war. Eine professionelle Abzocke, Love-Chat oder Love-Scamming genannt. Und er wäre fast darauf hereingefallen, so täuschend echt waren ihre Chats gewesen. Aber er hatte auf einem von April, oder wie auch immer die Person dahinter wirklich hieß, zugesandten Foto im Hintergrund etwas erkannt, das ihm von seinem letzten Ostseeurlaub mit Feli vertraut vorgekommen war. Bei näherer Betrachtung hatte es sich als die Tauchgondel auf der Seebrücke in Zinnowitz herausgestellt. Nicht in Florida, wie April behauptet hatte, sondern auf Usedom war das Foto gemacht worden.

Max blockte April daraufhin in seinen Kontakten und sandte umgehend eine Nachricht an die Zentrale Ansprechstelle Cybercrime, um diesen Vorfall zu melden. Schließlich handelte es sich bei der Frau auf den Fotos vermutlich selbst um eine ihrer Identität beraubte Person. Wahrscheinlich aus Deutschland, wie das Foto vermuten ließ.

»Boarding groups C and D now.«

Max war endlich an der Reihe.

Den ganzen Vormittag war sie wie eine Suchende durch Waikiki gewandert und hatte dann am Mittag einer spontanen Eingebung folgend den Bus in Richtung Chinatown genommen. Auf der einstündigen Fahrt im fast auf Kühlschranktemperatur heruntergekühlten Bus war sie an einer kilometerlangen Zeltstadt von Obdachlosen vorbeigekommen. Sie konnte es kaum fassen, dass hier die Wohnungsnot solche Ausmaße hatte. In Los Angeles waren ihr die vielen auf der Straße lebenden Menschen bereits aufgefallen. Darauf war sie vorbereitet gewesen, aber dass auch auf O'ahu entlang der Highways Zelt an Zelt stand, das schockierte sie und ließ ihre eigenen Sorgen auf einmal ganz klein werden. An einem Ort, an dem der Reichtum so sichtbar für alle war, gab es trotzdem tausende von Menschen, die nur ein Zelt ihr Eigen nennen konnten und die tagsüber auf der Suche nach Essbarem die Mülleimer durchwühlten. Zu Hause in München saßen in und um die

Fußgängerzone herum ebenfalls einige Bettler, aber das schiere Ausmaß der Armut hier in einem der reichsten Länder der Welt traf sie in einem Moment eigener Verletzlichkeit mit voller Wucht. Feli fühlte sich von diesen Eindrücken so elend, dass sie die Ansage des Fahrers »Final stop, North King Street« völlig überhörte.

»Ma'am, Sie müssen hier aussteigen.«

Feli war die letzte im Bus verbliebene Passagierin.

»Fährt der Bus direkt wieder zurück?« Ihr war die Lust auf einen Besuch von Chinatown mit einem Mal vergangen.

Der Fahrer nickte. »Sie müssen noch einmal ein Ticket lösen, Ma'am, für die Rückfahrt. Tut mir leid, das sind die Regeln.«

Wenige Minuten später fuhr der Bus die King Street in südlicher Richtung zurück und kam am prachtvollen *Iolani Palace* vorbei, dem Regierungssitz der letzten hawaiianischen Könige und einzigen königlichen Palast auf amerikanischem Staatsgebiet, ohne dass Feli diesen Anblick genießen konnte.

Max saß eingezwängt zwischen zwei schwergewichtigen Texanern, die sich auf der Heimreise befanden, und überlegte, wie das bevorstehende Zusammentreffen mit Feli wohl verlaufen würde. Sie hatte ihn zu ihrer

Hochzeit eingeladen – so hatte ihm das Melanie zumindest geschrieben. Doch Felis Motive für diese Einladung waren ihm nicht klar. Melanie meinte, es sei Feli sehr wichtig, ihn bei ihrer Hochzeit dabeizuhaben.

Aber warum?

Langsam kamen ihm Zweifel an seinem Plan, der ihm gestern Nacht noch völlig logisch vorgekommen war. Hinfliegen und Feli retten. Das klang fast heroisch, zumindest waren sich Anne, James und er nach der ersten Flasche Whisky darin einig gewesen. Er sah sich schon auf einem Pferd und in Ritterrüstung zum Schloss des ›bösen Sven‹ reiten, um Feli aus dessen Klauen zu befreien. Jetzt und bei näherer Betrachtung wurde ihm deutlich, dass er gar keinen richtigen Plan hatte.

Wollte Feli überhaupt gerettet werden?

Vielleicht war Sven ja ihr Traummann und genau die perfekte Wahl für sie?

Was, wenn Feli seine eigenen inzwischen wieder entflammten Gefühle gar nicht teilte, sondern ihn nur als guten Freund an ihrer Seite sah?

Eine Rolle, mit der er sich nicht zufrieden geben wollte.

Für eine Umkehr war es zu spät und daher beschloss er, das Ganze bis zum Ende durchzuziehen. Er hatte keine andere Wahl, wenn er nicht riskieren wollte, sein weiteres Leben lang dieser möglicherweise verpatzten Chance auf ein Leben mit Feli hinterherzutrauern.

Doch bevor es in den Kampf mit Sven ging, musste er zunächst einmal seinen beengten Fußraum in der Economy Class gegen seine zwei inzwischen schnarchenden Nachbarn verteidigen.

Stunden später ging Feli bei einbrechender Abenddämmerung und immer noch schwülen tropischen Temperaturen die Kalakaua Avenue entlang und begab sich wie tausende anderer Touristen in das belebte Gedränge der bunt beleuchteten Shoppingstraße, die parallel zum Strand von Waikiki verlief.

Exklusive Modegeschäfte international bekannter Marken folgten auf Läden mit Touristenkitsch. An nahezu jeder Ecke befand sich ein ABC-Drugstore, es gab Verkaufsstände mit *Shaved Ice* und eine Reihe mondäner Kunstgalerien, die sogar echte Drucke von Dürer, Holbein und anderen Malern des ausgehenden Mittelalters anboten – *price on request*, wie es hieß.

Dinge, die sich die Menschen in den Zelten nicht leisten konnten. Bei ihnen ging es um grundlegende Bedürfnisse: essen, trinken und wohnen. Vermutlich mussten sie tagtäglich ums Überleben kämpfen, wie Feli klar wurde. Sie hingegen gehörte zu den Priviligierten, die sich einen teuren Urlaub in Hawaii leisten konnten, das wurde ihr einmal mehr bewusst.

Feli saugte diese vibrierende Atmosphäre in sich auf und wollte sie genießen, ohne sich von den Eindrücken am Vormittag zu sehr die Stimmung verderben zu lassen. Die Vielzahl der Menschen um sie herum gab ihr zudem das Gefühl nicht allein zu sein. Die Einsamkeit des nächtlichen Strandes oder ihres Hotelzimmers hätte sie jetzt nicht ertragen können. Sie entdeckte sie überall, die verliebten Pärchen, die händchenhaltend und strahlend an ihr vorbeizogen, und es schlich sich bei ihr der schmerzhafte Gedanke ein, dass sie vielleicht bald ohne Partner an ihrer Seite durchs Leben gehen würde.

Ein Geschäft mit hell erleuchteter Auslage zog sie plözlich in den Bann und ließ sie stoppen. Feli betrachtete die auf verschiedenen Modepuppen drapierten weißen Kleider.

Sie überlegte hin und her.

Dann entschied sie sich und betrat das stylische Brautmodengeschäft.

Eine Stunde später befand sie sich, so wie am Abend zuvor, in der Beach Bar des Moana Surfrider Hotels und nahm in dem einzigen noch freien Korbstuhl Platz. Die ältere Dame, die ihr bereits gestern gegenübergesessen hatte, war auch wieder anwesend, nickte ihr freundlich zu und hob wie zur Begrüßung unter alten Freundinnen ihr Glas.

»Hi, I'm Eloise from Chicago. Where are you from?«

»I am Felicitas from Munich in Bavaria.«

»Oh Bavaria! I love Bavaria!«

»Waren Sie schon einmal in Deutschland?«

»Nein. Liegt München denn in Deutschland?« Eloise schien das neu zu sein.

»Ja, auch wenn man das bei uns in München manchmal anders sieht!«

Feli schob ihren Korbsessel etwas näher an Eloise heran, um die kleine Frau mit der Fistelstimme besser verstehen zu können.

»Ich habe dich gestern schon beobachtet, du scheinst etwas mit dir herumzutragen …« Damit traf Eloise den Nagel auf den Kopf.

Etwas mit mir herumtragen, das tue ich wirklich, dachte Feli und nickte.

»Glaube mir, meine Liebe, in Hawaii gibt es nur eine Regel: Have fun!« Sie schaute sich um, dann beugte sie sich näher an Feli heran und flüsterte mit verschwörerischer Miene: »Das ist es doch, warum wir hierherkommen, oder?«

»Das mag stimmen, manchmal entwickeln sich die Dinge aber anders als geplant.«

»Ich bin eine gute Zuhörerin. Wenn man im Leben so viel erlebt hat wie ich und zudem so alt ist, hat man das Zuhören gelernt. Das kannst du mir glauben.« Eloise nahm einen kräftigen Schluck von ihrem Drink und winkte kurz darauf dem Kellner, um sich einen weiteren zu bestellen.

Feli brauchte einen Moment, holte dann tief Luft und sagte: »Ich bin hierhergekommen, um zu heiraten. Aber es ist von Anfang an alles schiefgegangen …«

In der folgenden Stunde erzählte Feli der älteren Dame ihre ganze Geschichte. Von dem Vulkanausbruch, mit dem alles angefangen hatte. Vom verlorenen Koffer, der jetzt irgendwo in Berlin war. Von Sven, der vermutlich immer noch in München war, und natürlich der geplanten Hochzeit mit ihm. Und von Max, der sich in ihren Gedanken immer weiter nach vorn geschoben hatte.

Eloise hörte aufmerksam zu und stellte nur ab und zu eine Frage.

Feli empfand das Zusammensein mit Eloise wie ein therapeutisches Gespräch mit wohltuender reinigender Wirkung.

Als Eloise sich viel später von ihr verabschiedete, nicht ohne die Rechnung für die inzwischen zahlreichen Drinks auf ihr eigenes Hotelzimmer schreiben zu lassen, umarmte sie Feli warmherzig. »Liebes«, sagte sie, »ich will dir nur einen einzigen Rat geben, für jetzt und für dein weiteres Leben: Mache das, was dir dein Bauchgefühl sagt. Handle nicht zu verkopft! Damit bin ich immer am besten gefahren.«

Feli sah der auf wackeligen Beinen gehenden und sich mühsam auf einen Gehstock stützenden Eloise nachdenklich hinterher.

Eloise hatte ihr allein durch ihr Zuhören den Weg gewiesen.

Sie schrieb noch im gleichen Augenblick eine Nachricht an Sven.

> Ich bin zu einer Entscheidung gekommen, die **DU** anscheinend nicht treffen kannst, obwohl ich vermute, dass du sie eigentlich genau so treffen möchtest: Wir werden **nicht** heiraten! Es hat gedauert, bis ich das verstanden habe. Wir sind nicht die richtigen Partner füreinander. Es klingt so banal, aber wir sind wirklich zu unterschiedlich. Es tut mir leid, wenn ich dich zu etwas überreden wollte, was du – sei ehrlich! – eigentlich gar nie gewollt hast. Ich werde morgen die Hochzeitszeremonie absagen und ein paar Tage hier **in** Hawaii (sorry, das musste sein!) bleiben. Melanie wird übermorgen eintreffen. Du bist sicher noch in München, und das ist auch gut so. Wenn ich zurück in München bin, sortieren wir alles auseinander. Lass uns das ohne *hard feelings* machen, ja? Das ist mir wichtig!
> Freundschaftlich,
> Feli

Das mit Sven bekomme ich schon hin, aber wie soll ich auf Max zugehen? Lebt er überhaupt noch in München?

Vielleicht ist er in einer neuen Beziehung? Ich muss Melanie schreiben, sie könnte etwas wissen. Was ist, wenn Max mich gar nicht mehr sehen will?

Ihn hatte die Trennung damals emotional mehr belastet als sie. Das wusste sie von Melanie, die zu Max den Kontakt nie ganz abgebrochen hatte.

Feli schrieb eine weitere WhatsApp.

> Schwesterherz, S.O.S.! Ich habe soeben beschlossen, Sven nicht zu heiraten ... du bist vermutlich einigermaßen einverstanden mit meiner Entscheidung, oder? Sven war in deinen Augen nie ein geeigneter Partner für mich und du hattest – wie so oft – recht! Ich freue mich, wenn du dennoch zu mir nach Hawaii kommst und mir hilfst, meine Gefühle wieder auf die Reihe zu bekommen.
> Ganz nebenbei: Auch Max spielt in meinen Gedanken eine Rolle. Hast du Kontakt zu ihm? Wir können das alles gemeinsam besprechen, wenn du angekommen bist.
> Deine dich sehnlichst erwartende kleine Schwester

Anschließend schaltete sie den Countdown an ihrer Smartwatch aus, der 1 Tag, 16 Stunden und 12 Minuten anzeigte. Sie brauchte ihn nicht mehr.

Feli legte sich ins ungemachte Bett und betrachtete den über ihr gleichförmig kreisenden Deckenventilator. Ihre emotionalen Verwirrungen der letzten Tage hatten sich aufgelöst und ihre Gedanken konnten im Schlaf ungehindert auf Wanderschaft gehen.

Als Sven Felis Nachricht erhielt, saß er gerade in einem wichtigen Meeting mit Kunden und spürte umgehend einen Anflug von Erleichterung.

In einem Haus in Regensburg wurde zur gleichen Zeit eine Flasche Rotkäppchensekt – halbtrocken – geöffnet und restlos ausgetrunken.

Christina

Berlin-Pankow. Um viertel vor sieben neigte sich ein schwüler Sommertag seinem Ende zu.

Eindeutig eine Einzelanfertigung für eine ungefähr einen Meter fünfundsechzig bis einen Meter siebzig große und schlanke Frau, dachte Christina.

Sie blickte auf das weiße Hochzeitskleid auf einer der Schneiderpuppen in ihrem Atelier für Hochzeitsmode, das sich im Erdgeschoß eines Gebäudes aus den zwanziger Jahren des vorigen Jahrhunderts befand.

An dem Fenster ihres Geschäfts war die Aufschrift *Atelier Christina L. Wrobe – Second Hand Brautmode – maßgeschneiderte Lösungen für den kleinen Geldbeutel* zu lesen. An der Ladentür war jetzt nach Ladenschluss von außen zudem das Schild ›Geschlossene Gesellschaft‹ zu erkennen, was eine Idee ihrer Frau Evi gewesen war, die zwar nichts von der Schneiderei verstand, aber mit Worten hervorragend umzugehen wusste. Evi verstand es auch, schöne Urlaubsziele zu finden. Daher würden sie die kommende Woche in einem schicken Finca-Hotel auf Mallorca mit umfangreichen Yoga-Angeboten und vegan-vegetarischer Küche verbringen.

Christina umrundete die Schneiderpuppe, auf die sie das Hochzeitskleid vorsichtig drapiert hatte, kurz nachdem sie diesen ominösen Koffer vor dem hofseitigen Hintereingang ihres Ateliers vorgefunden hatte, gerade als sie sich mit dem Fahrrad auf den Heimweg machen wollte. Evi hatte das Abendessen vorbereitet, Christinas Lieblingsgericht Brennnesselsalat mit Tofu, und da war es besser, pünktlich zu erscheinen. Allerdings hatte ihre Neugier gesiegt. Der Koffer hatte sie noch einmal ins Atelier zurückkehren lassen. Es war einfach, ihn zu öffnen. Die Zahlen am Kofferschloss waren eine Allerweltskombination. Sie konnte sich absolut keinen Reim darauf machen, warum dieser Koffer an sie geliefert worden war, und die an der Tür angebrachte Notiz eines der zahlreichen Lieferdienste war kaum zu entziffern gewesen. Irgendjemand hatte anscheinend im Flugzeug seinen Koffer verloren und irgendjemand anderes war zur Überzeugung gelangt, dass dieser ihr gehören müsse.

Eine Fehleinschätzung.

Doch dieses Brautkleid hatte sofort ihr Interesse geweckt. Sie hatte es so vorsichtig wie möglich aus dem Koffer herausgenommen und das Material, aus dem es gefertigt war, sorgsam zwischen ihren Fingern hin und her gleiten lassen. Sie hatte die verwendete hochwertige Spitze mit der professionellen Verarbeitung bewundernd betrachtet. Als gelernte Schneidermeisterin war ihr schon nach wenigen Blicken klar gewesen, dass dieses Kleid nicht von der Stange war. Sie umrundete die Schneiderpuppe erneut, diesmal mit etwas mehr Abstand, um einen anderen Blick auf das Kleid zu bekommen.

Dieser Stil, diese kühne Schnittführung, die leicht mondäne Eleganz und die angenähten Strasssteine – vielleicht sogar von Swarovski? – all das sprach für die Arbeit einer wahren Künstlerin.

Sie selbst hatte vor ein paar Jahren in ihrer Meisterklasse eine solche kennengelernt, Sophia von Meiningen. Sophia hatte nach dem Abschluss als Jahrgangsbeste ein Brautmoden-Atelier in München in einer Toplage eröffnet. Es waren ihre Initialen – *SvM* –, die Christina unter dem vorderen Saum des Kleides entdeckte.

»Dachte ich es mir doch! Sophia, das ist deine Handschrift!«

Die einzige Möglichkeit, das Rätsel mit dem Hochzeitskleid noch vor dem Abendessen aufzulösen, bestand darin, Sophia umgehend anzurufen und die Angelegenheit zu klären.

Christina zog ihr Handy aus der Gesäßtasche ihrer sommerlich kurzen Jeans, scrollte zügig ihre Kontakte durch und wählte Sophias Nummer.

»Atelier Sophia von Meiningen, Sie rufen leider außerhalb meiner Geschäftszeiten an …« Ein kurzes Knacken ertönte in der Leitung. »Mensch, Chrissi, mit deinem Anruf hätte ich nicht gerechnet«, erklang Sophias Stimme. »Das ist ja ewig her, dass wir miteinander gequatscht haben.«

»Guten Abend, Frau Gräfin«, scherzte Christina. »Sind Eure Gnaden in der Verfassung mit dem einfachen Volke in Berlin-Pankow zu kommunizieren?«

Sie hatte Sophia in der gemeinsamen Zeit der Ausbildung immer damit geneckt, dass deren Vorfahren aus dem Adel stammten, was Sophia zum Glück völlig egal war. Für das *von* im Namen konnte sie nichts, aber für ihr Brautmodenatelier in der Münchner Schickeria war es ein unschätzbarer Vorteil.

»Was ist los, Chrissi? Siedelst du endlich um in mein schönes München? Du rufst mich doch sicher nicht einfach an, um mir einen ruhigen Abend zu wünschen, oder?«

»Na, ich wünsche dir natürlich gern einen heißen Abend mit irgendeinem deiner Trachtler.« Christina schmunzelte. »Ich glaube, ich habe hier ein Kleid aus deiner Hand auf der Schneiderpuppe und absolut keine Ahnung, wieso das ausgerechnet bei mir gelandet ist.«

Sie beschrieb Sophia das Kleid in allen Einzelheiten und wenig später hatte sie die Informationen, die sie haben wollte. Einen Namen und eine dazu gehörige Telefonnummer, die zur Käuferin des Kleides, einer

Felicitas Mayrhofer wohnhaft in München, gehörten. Sophia wollte eigentlich selbst sofort Kontakt zu ihrer Kundin aufnehmen, um das mysteriöse Auftauchen dieses Hochzeitskleids in Berlin zu klären. Leider stand sie gerade auf den Treppenstufen des Münchner Opernhauses und wollte sich mit ihrem Begleiter Verdis Nabucco ansehen. Für die Eintrittskarten hatte sie gefühlt ein halbes Vermögen bezahlen müssen und der gutaussehende junge Mann neben ihr versprach die Kirsche auf dem Sahnetörtchen des heutigen Abends zu werden.

Christina hatte also leichtes Spiel, musste Sophia allerdings versprechen, ihrer Kundin zu erklären, warum sie nicht selbst den Anruf tätigte.

Sophia hatte ihr gesagt, dass Felicitas Mayrhofer sich zurzeit auf O'ahu aufhalte und die Hochzeit bereits in zwei Tagen stattfinden sollte.

Keine Zeit zu verschwenden, fand Christina. Evis Brennnesselsalat mit Tofu musste warten.

Christina wählte die Telefonnummer – um diese Zeit war es auf Hawaii sieben Uhr morgens – und hörte nach wenigen Sekunden des Wartens eine verschlafen wirkende Stimme antworten.

»Felicitas Mayrhofer.«

»Guten Morgen, Frau Mayrhofer, hier spricht Christina Wrobe aus Berlin, bitte entschuldigen Sie den frühen Anruf, aber ich habe da eine etwas komische Sache hier in meinem Modeatelier ...«

Zehn Minuten später verließ Christina ihr Atelier, packte den Koffer mit dem Kleid auf ihr Lastenfahrrad und fuhr nach Hause.

Den Koffer werde ich Evi gleich nach dem Essen zeigen und mit ihr beraten, was wir damit machen, überlegte sie, während sie losradelte. Vielleicht nehmen wir ihn morgen einfach mit nach Mallorca und lassen ihn dort am Flughafen stehen. Unser Urlaubsgepäck passt auch in einen einzigen Koffer rein, der zweite ist dann eben dieser hier, bezahlt ist eh schon alles. Wir müssen ihn in Palma nicht einmal vom Gepäckband mitnehmen. Was, wenn wir nach der Ankunft unseren Kofferanhänger einfach abreißen, einen neuen Zahlencode einstellen und es dann dem Zufall überlassen, wie es mit dem Koffer und dem Hochzeitskleid weitergeht? Was für ein Spaß das wäre, fast ein bisschen anarchistisch. Und eine Notiz an den unbekannten Finder müssen wir auch schreiben, aber das wird Evis Aufgabe, sie ist die Meisterin der Worte.

Die Frau am Telefon hatte eindeutig klargemacht, dass sie weder Koffer noch Kleid jemals wiedersehen wollte.

Eine mit sich sehr zufriedene Christina fuhr mit ihrem Fahrrad in den schwülen Abend Berlins hinein.

Tag 9

»Aloha und willkommen im Moana Surfrider Hotel, ich wünsche Ihnen einen angenehmen Aufenthalt.«

Der Concierge hinter dem in weißem Marmor glänzenden Empfangstisch reichte Feli die Zimmerkarte und strahlte sie mit einem professionellen, aber irgendwie auch warmherzig wirkenden Lächeln an. Das schafften sie wirklich nur in Hawaii, diese coole und zugleich freundliche Ausstrahlung, die einem das Gefühl gab, *wirklich* willkommen zu sein.

Feli nickte dem Concierge zu und wollte ihre Koffer bereits in Richtung der Aufzüge schieben, als dieser einen Hotelpagen herbeiwinkte und ihm bedeutete, die Koffer mit seinem Transportwagen auf ihr Zimmer zu befördern.

»Das ist nicht nötig«, wollte Feli erwidern, doch der Concierge schüttelte den Kopf.

»Ma'am, das ist der Service des Moana. Jim wird Sie oben mit den Koffern vor Ihrem Zimmer bereits erwarten. Bitte hier entlang zu Ihrem Aufzug in den dritten Stock.«

Er wies sie in Richtung der ausschließlich für Hotelgäste vorgesehenen Aufzüge.

Wenig später öffnete sich die Aufzugstür und eine Gruppe Hotelgäste stieg aus, allesamt mit bunten Hawaiihemden bekleidet, die es an jeder Ecke für 39,99 Dollar gab.

Feli hatte am Abend zuvor, berauscht vom Gespräch mit Eloise und ihren danach getroffenen eigenen Entscheidungen, beim Verlassen des Hotels einen Stopp beim Concierge eingelegt und gefragt, ob das Hotel für die nächsten drei Tage ein freies Einzelzimmer anzubieten hätte. Sie hatte Glück, eine Junior Suite war noch frei.

Als das Kreditkartenterminal einen Betrag für die drei Übernachtungen anzeigte, der den Gegenwert ihres halben Monatsgehaltes ausmachte, war sie eine Millisekunde versucht gewesen, diesen Anflug der für sie ungewohnten Spontanität umgehend wieder zu beenden. Doch dann …

»Warum nicht? Gönne dir mal etwas Unvernünftiges«, sagte sie stattdessen und gab tapfer ihre PIN ein. Wenigstens die nächsten drei Tage *Luxus pur* genießen und direkt vom Zimmer aufs Meer blicken, so wie es der Concierge versprochen hatte.

Er hatte Wort gehalten.

Nachdem der Hotelpage sie um ihre Zimmerkarte gebeten hatte, mit der er die Verriegelung aufhob, anschließend ihre Koffer in den Raum gebracht und die

Vorhänge, die den Blick auf das Meer verhüllten, zur Seite geschoben hatte, stand Feli staunend vor der sich ihr darbietenden Szenerie. Direkt unter ihrem Fenster war die zum Meer hin offene Strandbar zu sehen, in deren Mitte der imposante Banyan Tree stand, der weite Teile des Außenbereiches schattenspendend überragte. Dahinter die korallenriffdurchzogene Bucht von Waikiki Beach. Sanfte Wellen näherten sich dem Strand, der um diese Uhrzeit am Morgen noch fast menschenleer war.

Feli atmete die warme Meeresluft tief ein. Augenblicklich spürte sie wieder Ruhe und Gelassenheit in jede Zelle ihres Körpers zurückkehren.

Sie hatte die richtigen Konsequenzen gezogen, auch wenn das eine komplette Änderung ihrer bisherigen persönlichen Pläne bedeutete, wie ihr erneut klar wurde. Das mit Sven war Geschichte, die Gegenwart war Hawaii – wenngleich nur für ein paar wenige Tage, die sie so angenehm wie möglich gestalten wollte – und die Zukunft … was würde sie bringen? Ein Leben als Single? Und was war mit Max? Könnte es einen Neustart mit ihm geben? Sie würde sehen. Feli nahm sich vor, in Zukunft in ihrem Leben mehr Entscheidungen aus dem Bauch heraus zu treffen, und dieser Gedanke fühlte sich für sie gerade ziemlich gut an.

»Aber jetzt muss ich erst einmal die Hochzeitszeremonie in der Wedding Chapel absagen.« Sie öffnete ihren Laptop. »Ohne Mann und ohne Brautkleid keine Hochzeit. Die 60 Dollar für die erteilte

Heiratslizenz waren rausgeschmissenes Geld, aber das ist jetzt auch schon egal.«

Der abendliche Besuch im Brautmodenatelier in Waikiki war für sie eine Art Abschiedsbesuch gewesen. Gekauft hatte sie dort nichts. Schon gar kein Hochzeitskleid. In ihrem Handgepäckkoffer befanden sich noch die Brautschuhe als letztes Relikt der abgesagten Hochzeit.

Im Abflugbereich des Flughafens von Hamburg feilte derweil Lasse Michaelsen, bester Freund und vorgesehener Trauzeuge von Sven, an seiner Rede als *Best Man*, die er am nächsten Tag in einer Wedding Chapel in Waikiki zu halten glaubte.

Melanie wartete am Gepäckband des Flughafens von Los Angeles auf ihren Koffer. Den Anschlussflug nach Honolulu, der eigentlich für heute geplant gewesen war, hatte sie aufgrund des stark verspäteten Abflugs in München verpasst. Immer noch eine der Auswirkungen des Vulkanausbruchs auf Island. Alle von L. A. startenden Anschlussflüge nach Honolulu waren an diesem Tag restlos ausgebucht. Die Stand-by Liste der

Hawaiian Airlines würde ihr nicht helfen, hatte die Mitarbeiterin am Serviceschalter bedauernd gesagt. Sie würde eine Nacht in einem Hotel in der Nähe des Flughafens verbringen müssen. Müde vom langen Flug über den Atlantik schrieb sie an Feli.

> Schlechte Neuigkeiten, Schwesterherz,
> ich habe meinen Flug nach Honolulu
> verpasst und komme erst morgen mit der
> ersten Maschine um 10:15 Ortszeit bei
> dir an. Ich freue mich riesig auf unsere
> gemeinsamen Tage am Strand! Dann
> kannst du mir alles erzählen. Ich platze
> vor Neugier!
> Melanie

Danach schrieb sie an Max.

> Lieber Max, wahrscheinlich bist du
> gerade im Flugzeug in die USA, und ich
> freue mich, dich auf O'ahu zu treffen. The
> good news is: Feli und Sven werden nicht
> heiraten! Mehr dazu morgen.
> Melanie

Wenig später befand sich Max ebenfalls am Schalter der Hawaiian Airlines und versuchte – genauso erfolglos wie

Melanie zuvor – einen Flug nach Honolulu zu buchen, als ihre Nachricht eintraf.

Die Mitarbeiterin der Hawaiian Airlines riss erstaunt die Augen weit auf, als der Kunde vor ihr auf einmal breit zu grinsen begann.

Zwölftausend Kilometer entfernt in München-Lehel saßen Beatrix Bredow und ihr Chef Hendrick Thies im Separee eines angesagten Feinschmecker-Restaurants und aßen zu Abend.

»Was hältst du eigentlich von dieser Felicitas Mayrhofer?«, fragte Thies.

»Mir scheint sie eine sehr kompetente Mitarbeiterin zu sein«, antwortete Beatrix und nahm sich eine weitere Scheibe des leckeren Carpaccios. »Vielleicht etwas sehr kopfgesteuert, aber ihre Arbeitsergebnisse sind top. Ich denke, sie könnte für den Job passen.«

»Ein bisschen jung für die Direktorenposition, könnte man meinen.« Thies tat es ihr gleich und bediente sich an der Vorspeise. Er liebte gutes Essen, was ihm durchaus anzusehen war.

»Nicht unbedingt, außerdem hat sie wirklich Potenzial … sagen zumindest einige unserer Direktoren, die regelmäßig mit ihr zu tun haben. Mehr Potenzial auf jeden Fall als ihr Verlobter.«

»Bestimmt will sie Kinder und dann nur noch in Teilzeit arbeiten.«

»Ach, Hendrick.« Beatrix ergriff die Hand ihres langjährigen Lebenspartners – worüber firmenintern nur getuschelt wurde. »Du musst die neuen Zeiten akzeptieren. Die Welt um uns herum hat sich verändert. Homeoffice und remote working sind in anderen, moderneren Unternehmen inzwischen normal. Gib Frau Mayrhofer eine Chance.«

»Mhm, mache ich ja auch«, grummelte Thies, »aber das Assessment-Center muss sie bestehen, daran führt kein Weg vorbei.«

»Ganz richtig, deswegen habe ich ihr heute die Einladung dafür gesendet. In zehn Tagen wirst du mehr wissen. Momentan ist sie mit Sven von Behrens auf Hochzeitsreise.« Beatrix tätschelte zärtlich seine Hand.

»Ähm …« Der Firmeninhaber räusperte sich, kramte umständlich in seiner Anzugtasche herum, zog ein im Juweliergeschäft seines Vertrauens am gleichen Tag kunstvoll verpacktes kleines Geschenk heraus und stellte es vor Beatrix auf den Tisch. »Wo wir schon beim Thema wären … meine liebe Beatrix, ich habe nachgedacht …«

Feli hatte sich am Nachmittag spontan entschieden, eine Tour auf die andere Seite der Insel zu unternehmen. Mit ihrem Mietwagen, erneut ein Cabrio, war sie Richtung North Shore gefahren, an den Waimea Beach, von dem es hieß, man könne dort die schönsten Sonnenuntergänge erleben. Auf der etwa zwei Stunden dauernden Fahrt kam sie an den *Dole* Bananen- und Ananasplantagen vorbei und kaufte sich im Visitor Center eine mid-size Portion Ananas-Eis mit jeder Menge schmackhafter Ananasstückchen darin. Mid-size nach amerikanischen Größenverhältnissen, wie sie feststellte, als man ihr die riesengroße Portion Eis überreichte. Eindeutig zu viel für ihren Geschmack. Trotzdem kämpfte sie sich tapfer bis an den Becherboden der zuckersüßen Erfrischung durch. Ein Abendessen würde sie heute vermutlich nicht mehr brauchen.

Völlig übersättigt, aber tief zufrieden stieg sie wieder in ihr Cabrio und fuhr weiter.

Der Parkplatz des Waimea Beach war bei ihrer Ankunft bereits gut belegt. Die Scharen von Touristen würden ungefähr eine Stunde vor Sonnenuntergang eintreffen – das hatte ihr der Concierge am Morgen erzählt.

Heute war Feli besser vorbereitet als vor wenigen Tagen am Lanikai Beach. Ein kleiner Sonnenschirm und auch Sonnenschutz zum Einsprühen befanden sich in ihrer geräumigen Strandtasche.

Unterschätzt hatte sie allerdings den heftigen Wind und den starken Wellengang an dieser Seite von O'ahu, der es ihr nicht ermöglichte, im Meer zu schwimmen.

Auch der Sonnenschirm erwies sich hier als wenig praktikabel. Sie suchte sich daher ein ruhiges schattenspendendes Plätzchen unter den hohen und etwas nach hinten zurückgesetzten Palmen und tat das, was sie die ganze Zeit über schon hatte tun wollen: Nichts. Stundenlang nichts. Ihre Gedanken nahmen dabei die ungewöhnlichsten Abzweigungen, kamen aber wie von selbst immer wieder bei Max an.

Als die Sonne an diesem Tag am Horizont im Meer versank, fühlte Feli eine tiefe Zufriedenheit – was auch immer das Leben in Zukunft für sie bereithalten würde, sie war mit sich im Reinen. Und sie spürte, dass das irgendwie mit Hawaii zusammenhing.

Die Einladung ihres Arbeitgebers zu einem Auswahlverfahren in der kommenden Woche hatte sie zu diesem Zeitpunkt noch nicht gelesen, denn sie hatte ihr Handy vor dem Gang an den Strand ausgeschaltet – eine sehr bewusste Entscheidung.

Rachid III

Das konnte doch nicht wahr sein! Rachid rieb sich die Augen. Schon wieder dieser blaue Koffer, den er erst wenige Tage zuvor im Aufbewahrungsraum des Lost-and-found-offices ein weiteres Mal entdeckt hatte. Es gab keinen Zweifel. Derselbe blaue Hartschalenkoffer mit dem bunten Hawaii-Aufkleber auf der Rückseite.

Nun stand dieser Koffer einsam und verlassen auf dem Gepäckförderband Nummer 12 am Flughafen von Palma de Mallorca. Das Band war bereits vor einigen Minuten zum Stillstand gekommen. Die Reisenden des Fluges EW 8592 aus Berlin hatten alle ihre Koffer an sich genommen und waren schnurstracks zum Ausgang und zu den wartenden Hotelpendelbussen verschwunden. Die meisten von ihnen würden in wenigen Stunden am Strand oder am Pool eines der zahlreichen Hotels in der Sonne liegen.

Nur dieser einzelne Koffer stand noch auf dem Förderband.

Der scheint mich zu verfolgen, dachte Rachid und sah sich um, ob sich irgendeiner seiner Kollegen mit ihm einen Scherz machen wollte.

Doch da war niemand.

Rachid nahm den Koffer vom Band, betrachtete ihn ausgiebig und stellte fest, dass das Schloss mit den häufig verwendeten Kombinationen 000 oder 123 nicht zu öffnen war. Außerdem war kein *baggage tag* an ihm befestigt.

»So, jetzt ist Schluss, ich bringe dich zu den Kollegen am Lost-and-found-Schalter. Sollen die sich mit dir beschäftigen. Mein Job ist getan.«

Tag X

Sie bog auf den Außenparkplatz des Honolulu International Airport ab und stellte ihren Wagen wenig später in einer der letzten freien Parklücken ab.

Melanie hatte geschrieben, ihr Flug würde planmäßig um 10:15 Uhr in Honolulu eintreffen. Beim viel zu kurzen Frühstück in ihrem Lieblings-Coffeeshop hatte Feli auf der Homepage des Flughafens die voraussichtlichen Ankunftszeiten der bis zum Mittag eintreffenden Flugzeuge gecheckt. Melanies Flug würde pünktlich landen.

Der heutige Tag, *ihr* Tag X, hätte der Tag ihrer Hochzeit mit Sven werden sollen. In spektakulärer Weise torpediert aufgrund eines unvorhersehbaren Vulkanausbruchs auf Island. Der Vulkan hatte lange geschwiegen, erste Anzeichen für einen bevorstehenden Ausbruch hatte es aber schon zuvor gegeben. Der Überdruck hatte sich seinen Weg gesucht, und Lava war aus tiefen Schichten des Erdreiches an die Oberfläche gekommen. So wie bei Sven und ihr.

Auch bei uns beiden gab es vorher Anzeichen, dass wir nicht gerade das perfekte *Match* sind. Andere, Melanie zum Beispiel, haben das viel früher bemerkt. Meine eigenen Antennen waren anscheinend zu lange auf *off* gestellt. Vielleicht wollte ich diese Hochzeit zu sehr und habe mir Sven auch schöngeredet. Wer weiß das schon? Sven und ich, das passt einfach doch nicht zusammen.

Es fielen ihr in diesem Moment all die Dinge in ihrer Beziehung ein, die sie bereits öfter irritiert hatten. Svens dauerndes Gebalze um die Aufmerksamkeit anderer Frauen. Sein Unverständnis für ihre immer wieder auftretenden Ticks und natürlich seine Mutter, die ohne viele Worte deutlich ausgedrückt hatte, was sie von der neuen Freundin ihres einzigen Sohnes hielt.

Aber das alles war Vergangenheit und sie wollte die verbleibenden drei Tage auf O'ahu einfach nur mit ihrer Schwester genießen. Melanie hatte eigentlich ein preislich günstigeres Hotelzimmer ganz in der Nähe von ihrer eigenen ursprünglichen Unterkunft gemietet. Feli hatte den Concierge des Moana Hotels heute morgen gebeten, das von ihr bewohnte und mit einem Queensize Bett ausgestattete Zimmer auf eine Zwei-Personen-Belegung umzubuchen. Sie wollte ihre Schwester in den nächsten Tagen unbedingt so nahe wie möglich bei sich haben und erinnerte sich mit einem tief in ihr sitzenden Gefühl der Wärme an die vielen gemeinsamen schwesterlichen ›Mädelsabende‹ ihrer Jugendzeit.

Feli schritt erwartungsfroh in Richtung Terminal. Die Sonne schien auch heute mit unverminderter Kraft, und ein leichter Wind ließ die Blätter der Palmen auf dem Parkplatz hin und her wehen. Als sie durch die Schiebetür des Flughafengebäudes trat, kam ihr ein Schwall kalter Luft entgegen, der sie frösteln ließ. Zum Glück hatte sie sich eine leichte Wolljacke mitgenommen, ihre ständige Begleiterin der vergangenen Tage, wenn sie ein klimatisiertes Geschäft oder Restaurant betreten hatte. Die Gebäudeinnentemperaturen lagen auf O'ahu gefühlt bei 16 bis 18 Grad Celsius. Sie wandte sich im Flughafengebäude in Richtung der *domestic flights arrivals* und nahm Platz gegenüber dem Bereich, aus dem Melanie in etwa einer halben Stunde eintreffen musste.

In der Zwischenzeit öffnete sie auf dem Smartphone ihren E-Mail-Account, scrollte durch die Vielzahl eingegangener geschäftlicher Mails und blieb an einer Mail hängen. Die Assistentin ihres Chefs, Beatrix Bredow, hatte ihr eine Einladung zu einem Assessment-Center geschickt. Also hatten sie doch keine geeigneten externen Kandidaten gefunden. Die Verärgerung, die sie noch vor wenigen Wochen gespürt hatte, nicht zum Auswahlverfahren für den Direktorenposten eingeladen worden zu sein, war seit Tagen verflogen. Zu viel war seitdem passiert, das ihre sorgsam vorgenommenen Planungen durcheinandergewirbelt hatte.

Will ich überhaupt Karriere machen? Und das in einem stockkonservativen Unternehmen? Vielleicht brauche ich nicht nur in privater Hinsicht einen Spurwechsel?

Aber damit wollte sie sich zu gegebener Zeit beschäftigen, nicht heute.

Die Anzeigetafel zeigte für Melanies Flug *baggage claim* an. Zeit, die geschäftlichen Themen hinter sich zu lassen und ihre Gedanken wieder auf Melanie und die kommenden Tage zu richten.

Beim Aufstehen von der unbequemen Sitzschale des Wartebereiches wäre sie fast mit einem der zwischen den Gängen herumirrenden Fluggäste zusammengestoßen. Eine Familie – Vater, Mutter, zwei Kinder im Alter zwischen fünf und acht Jahren – schien zunehmend verzweifelt nach ihrem Abfluggate zu suchen. Der Mann wies in die eine Richtung, die Frau in die andere. Das jüngere der beiden Kinder begann zu weinen. Die Eltern entschuldigten sich bei ihr in einer für sie fremden Sprache. Feli verstand kein einziges Wort. Wenig später war die vierköpfige Familie, laut miteinander diskutierend, aus ihrem Blickfeld verschwunden. So ruhig und entspannt, wie sie die Atmosphäre der letzten Tage auf O'ahu empfunden hatte, fiel ihr der Kontrast dazu am Flughafen umso mehr auf.

Dann sah sie Melanie endlich den Gang entlangkommen. Und an ihrer Seite …

Der Mann an Melanies Seite war eindeutig Max. Sie hätte ihn unter hunderttausend Anderen erkannt, obwohl er jetzt einen Dreitagebart trug und einen für diesen Breitengrad völlig unpassenden dunkelblauen Geschäftsanzug.

Melanie winkte ihr freudig zu, ließ ihren Koffer – und auch Max – stehen und rannte auf sie zu. »Feli!«

Feli war wie vom Donner gerührt an ihrem Platz stehengeblieben und musste sich erst einmal sammeln.

Max?

»Kleine Schwester, ich habe dich so vermisst.« Melanie umarmte Feli mit aller Kraft und schien sie gar nicht mehr loslassen zu wollen.

»Ich dich auch.« Die Tränen liefen Feli die Wangen hinunter, so als wäre ein lang aufgestauter Fluss endlich befreit und konnte nun wieder ungehindert in seinem urspünglichen Flussbett fließen.

»Ähm, hallo Feli«, kam es verlegen von Max, der sich ihnen inzwischen mit den Koffern genähert hatte und nun mit fragendem Blick vor ihr stand.

»Das ist jetzt vermutlich eine Überraschung für dich – eine erfreuliche, hoffe ich«, sagte Melanie mit vorsichtig zweifelndem Blick. »Ich hab Max ohne dein Wissen und – ja ich weiß – ohne dein Einverständnis nach O'ahu eingeladen. Ich dachte, damit einfach das Richtige zu tun. Auch wenn ich damit übergriffig gehandelt habe … es war doch das Richtige?«

Feli wischte sich die Tränen aus dem Gesicht und nickte. »Schön, dich wiederzusehen, Max. Ich freue mich wirklich! Obwohl ich so schnell noch nicht einordnen kann, was da gerade alles mit mir passiert.« Feli umarmte Max vorsichtig. »Toller Anzug, damit wirst du am Strand Aufsehen erregen.«

»Den Anzug kann ich erklären ...«, fing Max an.

»Jetzt nicht, dafür ist später ausreichend Zeit«, entgegnete Feli. »Lasst uns erst mal zum Wagen gehen, das Parken kostet hier ein Vermögen. «Sie schnäuzte sich die Nase und hakte sich bei ihrer Schwester unter.

Max, zwei große Rollkoffer an den Händen, schritt hinter den Schwestern her.

»Wow, ein Mercedes, und noch dazu ein Cabrio!« entfuhr es Melanie beim Anblick von Felis Mietwagen. »Nobel, nobel, Schwesterherz. Hast du vielleicht eine Gehaltserhöhung bekommen?«

»Ne, zumindest noch nicht.« Ihr fiel die E-Mail ihres Arbeitgebers wieder ein. »Aber ich wollte mir einfach etwas Schönes gönnen nach dem ganzen Schlamassel, den ich die letzten Tage erlebt habe.«

Max versuchte vergebens, die Koffer in den viel zu kleinen Stauraum des Cabrios zu legen. Für den zweiten gab es keine Chance. »Der kommt hinten auf die Rückbank, direkt neben dich, Max«, sagte Melanie, klappte ihren Sitz nach vorn und ließ Max hinter sich Platz nehmen.

»Da bin ich ja froh, dass ich keinen Kleinwagen gemietet habe. Mit zwei Fahrgästen hatte ich nicht gerechnet.«

»Da siehst du mal wieder, nicht alles kannst du vorher planen.«

Melanie grinste ihre Schwester an. »Verlass dich mehr auf deine Intuition, Schwesterherz!«

»Das übe ich gerade.« Feli blickte in den Rückspiegel. Max' und ihr Blick begegneten sich. Fragend, so als wollten sie herausfinden, wie sie die langen Monate des Schweigens überwinden konnten.

»Wo wirst du eigentlich übernachten, Max?«, fragte Feli, um das Eis zwischen ihnen zu brechen.

»Ich habe gar nichts gebucht. Meine Abreise war etwas … nennen wir es kurzfristig. Aber ich hoffe, hier gibt es irgendwo ein schönes Hotel am Strand, das ein Zimmer frei hat.«

»Verdienst du immer noch so gut wie früher?«

Max blickte Feli fragend an.

»Okay, ich nehme das mal als ein Ja. Wir fragen in meinem Hotel nach, das wäre am einfachsten für uns alle, und das Hotel ist mega! Ein wahrer Traum, ihr werdet schon sehen. Und du, Melanie, du schläfst in meinem Zimmer. Jetzt war ich diejenige, die mal übergriffig war. Ich hoffe, das geht in Ordnung für dich?«

Melanie nickte ihrer Schwester zu.

»Und jetzt müsst ihr zwei mir detailliert erzählen, wieso ihr zusammen nach O'ahu gekommen seid, und wie es kam, dass du, Max, so unerwartet auftauchst.«

Mit geöffnetem Verdeck fuhren die drei, Max mit Melanies übergroßem Reisekoffer sehr beengt auf der Rückbank, durch Honolulu zum Moana Surfrider Hotel.

Dabei erfuhr Feli die ganze Geschichte der Anreise der beiden, die sich überraschend erst am Vortag beim Check-In am Flughafen von L.A. getroffen hatten. Ein paar Details der Geschichte erfuhr sie aber auch nicht. So hatte sich Melanie entschieden, ihrer Schwester nichts über ihren Plan zu erzählen, die Hochzeit zu verhindern. Und Max fand es natürlich unpassend, über seine Nacht mit Fiona zu berichten. Das war schließlich in der Vergangenheit passiert. Er war gespannt, was die Zukunft bringen würde.

Am Abend saßen Feli, Melanie und Max gemeinsam im Moana Hotel an einem Tisch unter dem hell beleuchteten Banyan Tree. Das Drei-Gänge-Menü war hervorragend und sie stießen darauf an, dass Max ebenfalls ein Zimmer im Hotel bekommen hatte. Der Concierge hatte mit fragendem Blick versucht herauszufinden, wer mit wem das Doppelzimmer teilen würde, händigte dann aber Max die Zimmerkarte für das Einzelzimmer aus. Den Nachmittag verbrachte Feli mit ihrer Schwester auf dem Bett ihres Hotelzimmers und berichtete ihr ausführlich über die Ereignisse der vergangenen Tage. Am Ende lagen sich beide in den Armen und erneut flossen Tränen. Max hatte in der Zwischenzeit in einem der nahegelegenen Geschäfte passende Urlaubsbekleidung gekauft.

»Max, was ist das eigentlich für eine seltsam karierte Krawatte, die du trägst?«, wollte Feli wissen.

»Die ist aus Schottland, genauer gesagt, aus Edinburgh, und ich finde es irgendwie cool, sie heute Abend zu tragen … auch wenn sie farblich nicht ganz zu meinem Hawaii-Hemd passt.«

Feli schmunzelte. »Ich finde sie schön.«

»Deine Schuhe passen aber auch nicht ganz zu deinem legeren Outfit, oder?«, scherzte Max.

»Das sind meine Hochzeitsschuhe. Das Einzige, was von meiner Hochzeitsgarderobe übrig ist. Die hatte ich im Handgepäck. Die Geschichte mit dem Koffer muss ich dir erzählen. Total crazy, das glaubt einem keiner …«

Feli begann, nun auch Max detailliert die Geschichte vom Verlust des Koffers zu erzählen, und sparte auch hier das überraschende Telefonat mit der Berliner Modedesignerin nicht aus.

»Oh, ich sehe, du hast Gesellschaft bekommen.« Eloise, die ältere Dame vom Vorabend, war von allen unbemerkt an ihren Tisch getreten.

»Hallo Eloise, darf ich dir meine Schwester Melanie vorstellen und meinen … ähm … Freund Max?«, antwortete Feli und wollte Eloise bitten, sich zu ihnen zu setzen.

»Nein, nein. Ich fliege morgen wieder nach Hause und will rechtzeitig ins Bett. Schön, euch kennengelernt zu haben.« Mit einem verschwörerischen Blick auf Feli sagte sie: »Denk an meine Worte … always follow your heart!« Sie drückte Feli zum Abschied an sich und wandte sich dann ab in Richtung Treppenaufgang.

Feli sah ihr hinterher.

Diese alte, gebrechliche Frau beeindruckt mich, dachte sie in diesem Moment. Denn sie hat so recht!

»Lasst uns eine Flasche Champagner bestellen, die geht auf meine Rechnung«, durchbrach Max die plötzlich eingetretene Stille. Er winkte dem Kellner zu und gab die Bestellung auf. Wenig später wurde ihnen der Champagner in drei stilvollen Kristallgläser eingeschenkt.

Melanie hob zu einem Trinkspruch an. »Auf den Eyjafjall … oder wie dieser Vulkan heißt … auf uns und all das, was uns noch erwartet. Sicherlich hast du schon Pläne für die nächsten Tage, oder?« Sie lachte. »Alles schon verplant wie üblich?«

»Diesmal nicht … ehrlich … ich schlage vor, wir lassen uns einfach treiben. Nur beim *Duke* müssen wir vorbeischauen, das ist Pflichtprogramm.«

»Wer ist *Duke*?«, wollte Melanie wissen.

»Das erkläre ich euch morgen. Übrigens … der Champagner ist ausgezeichnet«, sagte Feli und nickte dem Kellner zu, der ansetzte, nachzuschenken.

»*Mahalo*, Ma'am.«

»Was heißt eigentlich dieses *Mahalo*? Ich habe das hier bereits ein paar Mal gehört.«

»*Mahalo* bedeutet danke.« Er füllte ihre Gläser auf – und er bekam an diesem Abend noch mehrmals die Gelegenheit, den dreien nachzuschenken. Der Eyjafjallajökull bekam bei jedem Anstoßen immer ausgefallenere Namen. Sie leerten zusammen zwei Flaschen des teuersten Champagners, den das Moana Surfrider zu bieten hatte. Max' Kreditkarte glühte, genauso wie seine und Felis Wangen, sobald sich ihre Blicke an diesem Abend trafen. Und dies geschah ziemlich oft …

Melanie hatte sich schon auf ihr gemütliches Zimmer zurückgezogen, da saßen Feli und Max barfuß vor dem Hotel nebeneinander am Strand und blickten auf das ihnen endlos erscheinende Meer.

»Was denkst du gerade?«, wollte Feli wissen.

»Dass es sich richtig gut anfühlt, mit dir hier im Sand zu sitzen und auf das Meer hinauszuschauen. Und du?«

»Ich denke, dass mein Leben gerade eine neue Wendung nimmt … nehmen könnte.« Feli ließ ihren Kopf vorsichtig auf Max' Schulter sinken. »Lass es uns behutsam angehen, ja? Ich glaube, ich brauche jetzt erst mal Zeit zum Nachdenken, und wäre dabei sehr, sehr froh, wenn du an meiner Seite wärst. Mein Gefühl sagt mir, dass wir eine zweite Chance verdient haben … und ich will in Zukunft mehr auf mein Gefühl hören, so wie Eloise mir das auch geraten hat.« Feli atmete tief durch und rückte etwas enger an Max heran, der Feli mit der Hand sanft durch ihre langen lockigen Haare fuhr.

Clara von Bernsen hob den Telefonhörer ihres Festnetztelefones ab und wählte die Münchner Telefonnummer.

»Agentur *Die Venusfalle*, grüß Gott«, meldete sich eine Frau. »Sie sprechen mit Annemarie Bauer.«

»Von Bernsen am Telefon.«

»Frau von Bernsen, gut, dass Sie anrufen. Ich wollte mich schon bei Ihnen melden. Meine Mitarbeiterin Katja hat mir heute berichtet, dass unser Plan aufgegangen ist. Ihr Sohn wird diese Felicitas nicht heiraten.«

»Sie meinen *meinen* Plan. Davon bin ich ausgegangen, er ist ja nicht dumm«, antwortete Svens Mutter indigniert.

»Äh, ja … Ihr Sohn scheint in den vergangenen Tagen selbst starke Zweifel an dieser Beziehung bekommen zu haben und hat – mit der entsprechenden moralischen Unterstützung durch meine Mitarbeiterin, wenn ich das so sagen darf – seinen Abflug in die USA immer wieder hinausgezögert, bis seine Verlobte …«

»Ex-Verlobte …«

»Genau, genau …«, stimmte die Agenturleiterin zu. »Also … bis seine Ex-Verlobte den Wink mit dem Zaunpfahl verstanden und ihm den Laufpass gegeben hat. Alles in allem ein erfolgreicher Abschluss.«

»Wie auch immer … die Dienste Ihrer Mitarbeiterin werden nicht mehr benötigt. Sie können mir die Schlussrechnung senden und …«, Svens Mutter hob ihre Stimme mahnend an, »mein Sohn darf natürlich kein

Wort über unsere Vereinbarung erfahren. Das ist klar, oder?«

»Selbstverständlich. Absolute Diskretion ist das A und O unseres Geschäfts.«

Clara von Bernsen legte auf. Die Hochzeit ihres Sohnes hatte sich in Luft aufgelöst. Hätte diese Felicitas nicht von selbst die Hochzeitspläne aufgegeben, hätte sie ihr am morgigen Tag anonym ein paar der kompromitierenden Fotos geschickt, die die Mitarbeiterin der Agentur heimlich und *in Aktion* – wie die Agenturleiterin das genannt hatte – im Apartment dieser Katja mit versteckter Kamera aufgenommen hatte.

Da glaubt mein Sohn wirklich, er kann mir verheimlichen, dass diese nicht im Ansatz standesgemäße Felicitas ihn vor den Traualtar zerren will! Für wie einfältig hält er mich eigentlich?

Sie schüttelte den Kopf, prostete sich mit hanseatischer Zurückhaltung und mit Blick in den pompösen Garderobenspiegel selbst zu und nahm einen kleinen Schluck aus ihrem Likörglas.

Ab jetzt werde ich es in die Hand nehmen, eine passende Partie für ihn zu suchen. Er muss das ja genauso wenig mitbekommen wie die Sache mit der Treue-Agentur, dachte sie und ging wieder in den Salon, in dem ihr Ehemann im Sessel vor dem laufenden Fernseher inzwischen eingeschlafen war. Auch dieser hatte in puncto Treue in ihren Augen versagt und vor Jahren ein Verhältnis mit seiner zwanzig Jahre jüngeren

Assistentin gehabt. Auch da hatte Frau Bauers Agentur hilfreiche Dienste geleistet. Seitdem war ihr Otto ein gezähmter Honorarkonsul und konnte ihr keinen Wunsch mehr abschlagen. Ganz so, wie es ihr gefiel.

Von ihren eigenen kleinen Eskapaden auf der letztjährigen Kur in St. Moritz musste er ja nicht unbedingt etwas wissen.

Sehr geehrte Frau Huber,
vielen Dank für Ihre tolle Unterstützung in den letzten Wochen und dafür, dass mein Plan, Regensburg zu verlassen, nun so gut klappen wird. Die Käufer meines Hauses werden bereits im Herbst einziehen können und ich bin schon auf der Suche nach einer Wohnung in München. Sollten Sie in München Kontakte zu anderen Immobilienmaklern haben, würde ich mich freuen, wenn Sie mir diese zur Verfügung stellen könnten. München ist bekanntermaßen ein teures und schwieriges Terrain für Wohnungssuchende – auch wenn ich durch den Hausverkauf bald über einen etwas größeren finanziellen Spielraum verfügen werde.
Nochmals herzlichen Dank!
Melanie Mayrhofer

Endlich würde sie wieder näher bei Feli sein. Am liebsten hätte sie eine schöne Zwei-Zimmer-Wohnung im Stadtzentrum. Nicht zu weit von Feli entfernt.

Nähe und Distanz, beides werden wir benötigen.

Melanie dachte an ihre Kinderzeit zurück, als sie beide beschlossen hatten, im gleichen Haus, aber in verschiedenen Etagen zu wohnen, wenn sie erwachsen wären.

Das muss es nicht unbedingt sein, ging ihr als letzter Gedanke durch den Kopf, bevor sie todmüde auf ihrem Hotelbett einschlief.

Sven glaubte seinen Augen nicht zu trauen. Katja hatte abgesagt. Nicht etwa für den heutigen Abend, den er in gewohnter Manier mit ihr hatte verbringen wollen. Sondern endgültig.

> Es tut mir leid, wir werden uns nicht
> mehr treffen. Frag nicht nach, warum. Es
> ist einfach so. Die Zeit mit dir war schön,
> aber es ist – vorbei.
> Katja

Sie hatte ihn einfach mit einer WhatsApp-Nachricht abserviert! Sven kippte sein Glas Brandy in einem Zug hinunter. Das war ihm bisher noch nicht passiert. Eine

Frau, die ihm den Laufpass gab, ohne dass er dies zuvor selbst provoziert hatte. »Wo ist noch mal der Zettel mit der Telefonnummer dieser Lufthansa-Mitarbeiterin?«, fragte er sich stirnrunzelnd, stand vom Sofa auf und ging ins Schlafzimmer, um in der Innentasche seines Sakkos nachzusehen.

Sein GPS-Tracker zeigte Palma de Mallorca als Aufenthaltsort seines blauen Koffers an, aber das sah er nicht mehr, denn er hatte die App auf seinem Handy inzwischen deaktiviert.

Isabel und Rodrigo

Stadtautobahn Ma-19 von Palma de Mallorca,
29. Dezember, 15:30 Uhr

»Fahr schneller, sonst kommen wir noch zu spät«, sagte Isabel und blickte den neben ihr am Steuer ihres kleinen FIAT-Panda sitzenden Rodrigo halb amüsiert, halb vorwurfsvoll an. Sonst war es immer Rodrigo, der sich über ihre zu defensive Fahrweise beklagte.

»Ich darf hier nicht schneller als hundert fahren, das weißt du doch«, erwiderte er. »Wir werden zur Versteigerung schon rechtzeitig ankommen. So kurz vor Jahresende wird das Parkhaus am Flughafen leer sein.« Keine Touristen, keine Mietwagen, also ein leeres Parkhaus, hatte Rodrigo ihr bei ihrer Abfahrt aus Son Castelló erklärt.

Rodrigo behielt recht, die Touristensaison war, wie jedes Jahr Anfang November, zu Ende und der Flughafen San Jordi wirkte wie verwaist.

So ganz anders als in den Sommermonaten, während derer es dort wie in einem Taubenschlag zugeht, dachte sie.

Jetzt landeten jeden Tag nur noch wenige Flugzeuge auf der Insel. Nur eines der insgesamt vier Terminalmodule war geöffnet und von den sechzehn Gepäckbändern im Ankunftsbereich waren selten mehr als drei gleichzeitig in Betrieb. Die Airlines hatten ihr Personal reduziert und notwendige technische Reparaturen, für die in der Hochsaison keine Zeit geblieben war, wurden in den Wintermonaten durchgeführt.

Als Isabel und Rodrigo durch die nahezu menschenleeren Gänge des Flughafens eilten, kam ihnen Rachid entgegen, der gerade seine Schicht beendet hatte. Rachid hatte die am heutigen Tag zur Versteigerung vorgesehenen Koffer aus dem Kellergeschoss des Flughafens in den ersten Stock und dort in einen der Konferenzräume gebracht. Er hatte festgestellt, dass der blaue Hartschalenkoffer, dem er in diesem Sommer immer wieder – wie von Geisterhand gelenkt – begegnet war, sich unter den insgesamt etwa achtzig Gepäckstücken befand, die am heutigen Tag, wie immer zum Jahresende, versteigert werden sollten. Zufrieden mit sich nickte er dem jungen Paar zu und schritt weiter in seinen bevorstehenden Feierabend.

Isabel und Rodrigo betraten kurz darauf den Konferenzraum, der sich bereits gut gefüllt hatte, und ersteigerten eine Stunde später für den Preis von 25 Euro einen verschlossenen blauen Hartschalenkoffer mitsamt seinem Inhalt, einem weißen Hochzeitskleid im Wert von über 5000 Euro.

Aber das wussten sie in diesem Moment noch nicht.

Epilog – München im Mai des Folgejahres

Max' Handy klingelte. Eine ihm unbekannte Rufnummer. Er drückte auf die grüne Hörertaste und meldete sich. »Maximilian Hausmann.«

»Hallo Max, hier ist Vani. Wie geht es euch beiden?«

»Servus Vani, ganz ausgezeichnet, du hast dich vermutlich verwählt und willst eher mit Feli sprechen, oder?«

»Stimmt, sorry, bist du so lieb …?«

»Na klar! Feli, es ist Vani.« Max reichte ihr das Handy.

»¡Hola Vani!, ¿qué tal?«

»¡Mucho bien, querida!«

»Na, sprichst du Neu-Mallorquinerin überhaupt noch richtig Deutsch?«

»Jede Menge. Du weißt ja, auf Mallorca kommt man eigentlich mit Deutsch überall gut durch. Etwas schade, aber hör mal, ich habe mich hier in Artà für einen Spanischkurs angemeldet, der im Herbst beginnt. Ein wenig Spanisch haben wir damals in der Schule gelernt. Weißt du noch?

»Ja, an Frau López erinnere ich mich gern. Dir geht es also gut?«

»Total und der Michi, der ist ein Schatz. Er ist Österreicher und stammt ursprünglich aus Graz. Mit ihm kann ich endlich wieder lange Radtouren fahren. Weißt du, der Michi ist der weltbeste Tourguide und kennt auf Mallorca alle verschlungenen Wege. Ich glaube, mit ihm habe ich endlich meinen Traumpartner gefunden.«

»Das ist schön, ich freue mich so mit euch beiden.«

»Feli, ich rufe dich nicht an, um dir von Michi vorzuschwärmen. Ich habe dir doch erzählt, dass wir auf die Hochzeit eines befreundeten Paares aus Palma eingeladen waren. Du wirst es nicht glauben, was ich auf dieser Hochzeit gesehen habe! Isabel, die Braut, hatte dein Hochzeitskleid an! Wirklich! Ich konnte es zuerst gar nicht fassen, vor allem nach der Geschichte, die du mir über deinen verlorengegangenen Koffer erzählt hast. Es war tatsächlich dein Kleid! Ich habe es mit den Fotos auf meinem Handy verglichen, die ich im letzten Jahr bei deiner Anprobe in diesem Münchner Brautmoden Atelier gemacht hatte. Kein Zweifel, und als mir Isabel erzählte, wie sie an dieses Kleid gelangte, war ich mir vollends sicher ...«

Feli hörte weiter schweigend den aus Vani heraussprudelnden Erzählungen zu. Das spanische Brautpaar hatte den Koffer auf einer Versteigerung am Flughafen in Palma erworben und anschließend zu

Hause überrascht festgestellt, dass der Inhalt aus einem offensichtlich unbenutzten Brautkleid bestand. Beide waren total überwältigt von ihrem Fund gewesen, und Rodrigo hatte seiner Isabel spontan einen Heiratsantrag gemacht.

Bei den beiden ist offenbar alles gut gegangen. Feli musste daran denken, dass sie hingegen mit spontanen Heiratsanträgen keine gute Erfahrung gemacht hatte.

»Und weißt du, was ich noch gesehen habe? An einer Girlande, die quer über die Restaurantdecke aufgespannt war, hingen fünf Karten mit Glückwünschen – in deutscher und englischer Sprache – alle mit sehr liebevollen und ans Herz gehenden Texten. Die waren alle aus dem Koffer! Michi hat dem Brautpaar die Texte ins Spanische übersetzt und die ganze Hochzeitsgesellschaft hat dabei tief gerührt applaudiert. Ich habe die Karten für dich abfotografiert und schicke sie dir gleich nach unserem Telefonat, aber jetzt muss ich weiter, adiós und bis bald meine Liebste.«

Feli legte auf.

An ihren verschwundenen Koffer und das Hochzeitskleid hatte sie in den vergangenen Monaten immer mal wieder denken müssen und sich überlegt, was damit wohl passiert sei. Jetzt konnte sie endgültig Abschied nehmen und war froh, dass ihr Kleid dazu beigetragen hatte, einer anderen Braut den schönsten Tag ihres Lebens zu schenken.

Von der Fluggesellschaft hatte sie – drei Monate nach dem Verschwinden des Koffers – eine abschließende Stellungnahme erhalten. Ihr Koffer sei leider trotz umfangreicher Recherchen nicht mehr auffindbar und sie werde eine finanzielle Entschädigung erhalten. Das Geld hatten sie und Max in Möbel für ihre neue Wohnung investiert, die sie seit Januar gemeinsam bewohnten. Eine gemütliche Zwei-Zimmer-Wohnung mitten in Schwabing und mit der wunderschönen Hausnummer 12.

»Schatz, lass uns an der Isar entlang nach Freising radeln. Das haben wir so lange nicht mehr gemacht.« Feli drückte Max ganz fest an sich heran.

Da war der Koffer schon wieder vergessen.

Nachwort

»Diese Geschichte ist ja total unglaubwürdig, so etwas kann gar nicht passieren!«, mögen manche Leserinnen und Leser sagen, und sie haben recht und zugleich täuschen sie sich vielleicht.

Dass ein Koffer gleich mehrfach verschwindet und dann an so unterschiedlichen Orten wie hier im Roman geschildert wieder auftaucht, ist fiktiv und entspringt der Fantasie des Autors.

Auch die im Roman angegebenen Countdown-Zeiten auf Felis Uhr sind in der Tat nur näherungsweise korrekt und folgen mehr der Dramaturgie der Ereignisse als einer präzisen Zeitmessung. Die aufmerksamen Leserinnen und Leser unter Ihnen mögen es mir verzeihen!

Allerdings …

Jedes Jahr kommen vier von tausend mit dem Flugzeug transportierte Koffer verspätet an ihrem Zielort an, einer von tausend ist beschädigt oder man hat etwas daraus gestohlen. Die Anzahl der für immer verloren gegangenen Koffer bewegt sich nur im

Promillebereich. Und dennoch: bei 4,4 Milliarden Flugpassagieren jährlich geht die weltweite Anzahl dauerhaft verlorengegangener Koffer in die Zigtausende. Viele derjenigen Koffer, die trotz intensiver Nachforschungen der Fluggesellschaften nicht mehr ihrem Besitzer zugeordnet werden können, werden an den Flughäfen versteigert.

Im Mai 2023 warteten unsere Tochter und ihr Verlobter am Gepäckband des Flughafens in Seattle, USA vergeblich auf den Koffer, in dem sich das Brautkleid unserer Tochter befand. Drei Tage großer Anspannung folgten, eine Zeit des Bangens für das junge Paar. Nach vielen Telefonaten und mit Hilfe eines GPS-Trackers traf der Koffer dann doch noch rechtzeitig vor der Hochzeit ein. Dieses Ereignis, das wir als Eltern hautnah miterlebt haben, hat mich dazu inspiriert, den vorliegenden Roman zu schreiben.

Außerdem muss ich gestehen, dass ich ein paar Jahre zuvor selbst schon einmal eine sehr ›aktive‹ Rolle hinsichtlich eines verlorengegangenen Koffers hatte.

Meine Frau und ich waren mit dem Flugzeug unterwegs nach England. Nach der Landung auf dem Flughafen von Bristol ergriff ich am Gepäckband, vermutlich in Gedanken und unachtsam, (m)einen Koffer und überprüfte den daran angebrachten Kofferanhänger nicht so, wie man dies tun sollte. Anschließend fuhren wir mit einem Mietwagen zu unserem Urlaubsziel tief im Westen von Cornwall. Erst

Stunden nach unserer Ankunft bemerkte ich mein Missgeschick und meldete mich umgehend telefonisch beim Lost-and-found-office in Bristol, um dort mit einem verständnisvollem »Hello Mr Heckler, we are already waiting for your call« begrüßt zu werden. Die ganze Sache ging gut aus, dennoch vermute ich, die Besitzerin oder der Besitzer des anderen Koffers war verständlicherweise verärgert über meinen Fehler.

Diese Dinge passieren also, wenn auch nicht so überpointiert, wie sie in diesem Roman dargestellt sind.

Somit sind alle im Roman geschilderten und teilweise unbeabsichtigten Interventionen – hier sei an Rachid, meinen *stillen* Helden erinnert – und die Zufälle des Lebens in der Geschichte erfunden. Ich gebe es zu. Aber vielleicht haben diese, so – oder so ähnlich – irgendwo auf der Welt bereits stattgefunden. Und vielleicht waren Sie, liebe Leserin, lieber Leser, an einer dieser Handlungen unfreiwillig auch schon einmal selbst beteiligt?

Congratulations to the
Happy Couple

Sincerely,

Claire & Andrew

Psychotherapeutische Pr...
Dr. Maria Hoppenstedt
Paartherapie
Familienaufstellungen

Sehr geehrte Unbekannte,
was für ein bezauberndes
Hochzeitskleid!
Ihr Koffer wurde mir
fälschlicherweise zugestellt.
Ich hoffe, Sie finden Ihr
privates Glück – das wünsche
ich Ihnen von ganzem Herzen.

M. A. Hoppenstedt aus Leipzi...

Second Hand Brautmode
ATELIER CHRISTINA L. WROBE

Wenn du dieses Hochzeitskleid in
den Händen hältst, dann hast du
den Jackpot geknackt!
Die Frau, für die es angefertigt
wurde, hat inzwischen andere
Lebenspläne.
Also, nur zu ...
Vielleicht passt es ja zu
deinem Leben !?

L.G. Christina aus Berlin

Mallorca
Estrellas
Inmobiliaria

So ein wunderschönes Hochzeitskleid!
Ich wünsche Dir eine fantastische
Hochzeit und einen liebevollen Mann!
Mucha suerte y saludos de Mallorca!

Irina

Tagungshotel *Sonnenschein*

Ich weiß nicht, wer Du bist,

aber ich hoffe, das Kleid kommt

noch rechtzeitig zu Deiner

Hochzeit an. Dir und Deinem

Partner / Partnerin wünsche

ich alles Gute für Eure

gemeinsame Zukunft.

Julia

Lust auf mehr?

AutorInnen lieben ihre Protagonisten meistens. Bei KrimiautorInnen und ihren Verbrechern hoffe ich das eigentlich eher weniger, aber im Grunde wachsen uns unsere Helden beim Schreiben ans Herz.

So auch mir, und daher finden sich in diesem Roman Personen, die schon in meinem ersten Roman *Die mallorquinische Herberge* aufgetaucht sind. Ich wurde hierzu von Lesern inspiriert, die zum Beispiel etwas über das weitere Leben des Rad-Tourguides Michael (siehe Epilog) erfahren wollten oder der Meinung waren, dass die Geschichte der Immobilienmaklerin Irina noch nicht zu Ende erzählt sei.

Wenn Sie also der Meinung sein sollten, dass eine Person aus *Der Koffer – Lost & Found* in meinem nächsten Roman, der auf der Ostseeinsel Usedom spielen wird, in einer Nebenrolle auftauchen sollte, dann schreiben Sie mir eine E-Mail unter *GeheimnisVillaFrohsinn@gmx.de*. Vielleicht treffen Sie dann bald einen ›alten Bekannten‹ oder eine ›alte Bekannte‹ wieder! Der Roman wird voraussichtlich im Sommer 2026 erscheinen.

Falls ich es darüber hinaus erreicht haben sollte, Sie auf Irinas oder Michaels Geschichte neugierig zu machen, empfehle ich Ihnen meinen ersten Roman *Die mallorquinische Herberge*.

Oberbayern im Februar 2025

Ein großes *Mahalo* an alle, die mir geholfen haben, diesen Roman besser zu machen:

Angelika, Elke, Florin, Mareike, Sabine, Steffi, Helmut, Philipp und vor allem meiner Frau Barbara, die erneut meine kritischste Leserin war, obwohl sich zeitgleich ihr eigenes Buch auf den letzten Metern vor der Veröffentlichung befand.

Mahalo!

„Die in diesem Frühling bisher überraschendste Mallorca-Neuerscheinung" (Mallorca Zeitung, Juni 2024)

Eine schwüle Sommernacht im Südosten Mallorcas. Eine Gruppe entschlossener Menschen unterschiedlicher Nationalitäten und Persönlichkeiten kommt zusammen und besetzt ein leerstehendes Haus. Dieses Haus wird für sie in den kommenden Wochen Rückzugsort und Fixpunkt ihres Lebens – ihre *mallorquinische Herberge*.

Zwölf Apartments, zwölf Personen, Paare oder Familien, zwölf Tage in einem heißen Juli. Aber in einem der *apartamentos* scheint niemand zu wohnen. Oder vielleicht doch?